ブルー・プラネット

笹本祐一

[illegible]・プランニングのマリオは、老朽化で運用が終了したハッブル宇宙望遠鏡の回収作業を行っていた。そこへ惑星間生物学者のスウが、所属先のカリフォルニア工科大学では扱えないというデータを持ち込んでくる。彼女が入手したのは、地球型惑星の発見を目指し、国防総省が秘密裏に打ち上げた探査衛星のコマンドソースだった。二人はコマンドを送って入手したデータを解析しようとするが、国家機密に触れる行動は即座に発覚してしまう。周囲を巻き込む大騒動となったマリオとスウの冒険の行方は――星雲賞受賞作シリーズ第４弾！

登場人物

■航空宇宙会社スペース・プランニング
羽山美紀《はやまみき》……………パイロット
ジェニファー・V・ブラウン……社長
マリオ・フェルナンデス………オペレーター
ナニー・モレタニア……………事務全般担当
ヴィクター…………………………チーフメカニック
デューク・ドレッドノート……最古参のパイロット
ガルビオ・ガルベス……………ベテランパイロット
チャーリー・チャン……………パイロット

■その他
ガーニイ・ガーランド…………航空宇宙会社オービタルコマンドの社長。通称大佐
スウ…………………………………カリフォルニア工科大学に研究室を持つ惑星間生物学者の少女。マリオの同級生
劉健《リユウケン》……………………………………総合商社カイロン物産勤務。ジェニファーの元夫

ブルー・プラネット

星のパイロット4

笹　本　祐　一

創元ＳＦ文庫

THE BLUE PLANET :

THE ASTRO PILOT #4

by

Yuichi Sasamoto

2000, 2013

目次

ブルー・プラネット

星のパイロット4

地球低軌道《LEO》――地上六〇〇キロ

それは、宇宙空間にあるもっとも古い眼の一つだった。

第一世代のスペースシャトルが届くもっとも高い軌道にあげられたといっても、軌道高度六〇〇キロ。いくら真空の宇宙空間でも、このあたりではまだ希薄な空気分子が漂っており、それは長い年月のうちに抵抗となって軌道高度をじわじわと奪っていく。

数度にわたるミッションで延命が図られたそれは、前世紀から生き残っていた数少ない天文台衛星の一つだった。

「ハッブル宇宙望遠鏡《スペーステレスコープ》、か」

金の熱反射膜を蒸着されたバイザー越しに、円筒型の中央胴の両側に太陽電池を拡げたシルエットが見えている。それが見つめていたはるか彼方の星空を想って、宇宙服の美紀《みき》は口もとに笑みを浮かべた。

「長いお勤め、ご苦労様」

『なんだ?』

ＶＨＦバンドで、チャンの声が聞こえた。

『なんか異状でも見つかったか？』

「ご苦労様っていったのよ」

カーゴベイから延びたちゃちなクレーンの先で、美紀は操縦席のチャンに答えた。

「あの衛星がどれくらい飛んでたか、知らないわけじゃないでしょ」

『知ってるさ。あいつが飛びはじめた頃にこの世にいたのは、うちの会社じゃガルベスとデュークくらいなもんだぜ』

ハッブル宇宙望遠鏡がスペースシャトルによってフロリダのケネディ宇宙センターから打ち上げられたのは一九九〇年のことである。初期運用段階で発見された主鏡のゆがみをはじめとする様々なトラブルを乗り越え、厳しい制約を縫ってスペースシャトルによるメンテナンス、機器の更新、軌道高度の維持などを受けながら、ハッブル宇宙望遠鏡はつい最近までゴダード宇宙飛行センターの最初の宇宙望遠鏡として現役にあった。

二一世紀に入り、最新の設計と機器で武装したより高性能で大型の望遠鏡衛星がより高軌道で運用されるようになっても、ハッブルは使い続けられた。使えるものは博物館の倉庫でほこりをかぶっていても使う、というのが予算のやりくりに四苦八苦するこの国の研究機関の輝かしい伝統である。

しかし、ハッブルをめぐる状況は打ち上げ当時と比べて劇的に変化した。

当時と比べて軌道上への打ち上げコストは一〇分の一以下、有人宇宙飛行の安全性は一〇〇〇倍以上になったといわれる。保守点検、機器の更新に前ほどのコストが必要とならなくなったハッブルは数度にわたる運用期間の延長が行なわれ、そしてついに運用経費と観測結果のバランスシートが採算点を割った。

機能維持のための最後のサービスミッションが行なわれてから数年間、ハッブルは現役であり続けた。しかし、打ち上げ当初は五年待ちといわれた使用スケジュール表に空白が目立つようになり、より高性能な宇宙望遠鏡がより高い高度で複数運用されるようになって、ついにゴダード宇宙飛行センターはハッブル宇宙望遠鏡の運用終了を発表した。

「これだけ離れていても表面のシートが傷だらけなのがわかるわ。よくも今まで無事に飛んでいたものね」

長年のミッションのうちに、無数の宇宙ゴミ《デブリ》、微小隕石《いんせき》がハッブル宇宙望遠鏡に衝突したはずである。確率的に言えば、これだけの長い期間軌道上にいる宇宙機は、太陽光線による劣化や宇宙放射線による破壊よりも、もっと大きな隕石の衝突で機能を失ったとしても不思議ではない。

『太陽電池パネルの傷は確認できるか？』

クレーンに取りつけられているテレビカメラがズームする気配がある。現在位置は地球の昼側だから、濃い緑色のサンバイザーを跳《は》ね上げたくなる誘惑を抑えながら美紀は二〇〇メートルほど離れているハッブルに目を凝らした。

「見えるわ。そっちのモニターでも見えてるでしょ。右側の太陽電池パネルに、大穴が開いてるの」

『……確認した。さすがにここまでやられれば、引退させようって気になるか』

ハッブル宇宙望遠鏡は、三段組みのドラム缶の左右に長方形の太陽電池パネルを拡げた形をしている。接近していく美紀から見て、右側に拡げられた太陽電池パネルのほぼ中央に、大口径弾で貫いたような大穴が開いていた。

本体への直撃ならば、間違いなく機能喪失——どころかその場で爆発四散して、今頃は一部が大気圏に突入して流れ星になっているかもしれない。

太陽系外から飛来したと思われる高速隕石の衝突は、次のサービスミッションをスケジュールに上げるかどうかが問題になりはじめた時点で発生した。

調査用シャトルを上げている余裕も予算もゴダード宇宙飛行センターの宇宙望遠鏡管制センターにはなかったので、地上の観測施設と、それから近傍軌道を翔《と》ぶ宇宙機に損害調査が依頼された。

片方の太陽電池パネルをほぼ完全に使用不能にした高速隕石は、衝突時の破片によって本体にも無視できない被害を与えていた。例によって修理とバージョンアップにかかる費用と、その結果得られる観測性能のコストパフォーマンスに関して厳しい検討が行なわれた結果、ゴダード宇宙飛行センターはハッブル宇宙望遠鏡の運用終了を発表したのである。

「それで、まず無事な方の太陽電池パネルから外す必要があるわけね」

『目標まであと二〇〇メートルってときになって作業手順を確認しようってのかい、この宇宙飛行士《スペース・ウオーカー》さまは』

操縦席のチャンから、苦笑いの混じった応答が返ってきた。

『ものはでかいが、畳んで持って帰るだけの簡単なミッションだ。いまさら道具忘れたってのは聞かないぜ』

「はいはい」

美紀は頭の中で基本的な作業手順をもう一度繰り返す。

運用終了したハッブル宇宙望遠鏡の扱いについては、各方面から議論が沸き起こった。そのまま大気圏に再突入させて廃棄という展開から、再修理して、学校教育に使えるようにしようとする案、モニュメントとして軌道上で動態保存する話まで浮かんだが、最終的にワシントンDCのスミソニアン協会がこの問題にけりをつけた。

ハッブル宇宙望遠鏡は、軌道上にあったときの姿のまま、ナショナルモールの航空宇宙博物館に永久展示される。

軌道上で、ハッブル宇宙望遠鏡は全長一一メートル、最大直径四メートルを超し、度重なる装備機材の更新によってその運用重量は一二トン近くに肥大している。これを、さらにその両側に拡げられた太陽電池パネルごと回収し、地上に持ち帰るのが今回のミッションである。

美紀は、クレーンに付属しているビデオカメラのレンズを覗き込んでみた。

「はーい、ちゃんと撮れてる？」

『撮れてるんじゃねえかな、よくわかんねえけど』

ゆっくりとハッブルに接近していくダイナソアE号機の操縦室のチャンが答えた。

『こっちのクレーンの映像と、そっちのモニターカメラ、あとまあコクピットのカメラも動いてるけど、絵が気に入らなきゃ下からなんか言ってくるだろ』

『ハードレイク・コントロールよりダイナソア・エコー』

ダイナソアの形式を示すEを音声通信で使うエコーという符丁に変えて、ドライレイクのミッションコントロールのマリオが通信回線に入ってきた。

『そちらが送ってきてくれる絵は問題なく撮れている。将来はスミソニアンのアイマックスシアターで上映される映像だ、あんまり恥ずかしいNGはするなよ』

「アイマックスシアターで上映？」

美紀は宇宙服のヘルメットの中でげんなりした顔をした。

「じょーだんでしょ」

『それが今回のミッションの条件だ。すべての回収作業は映像と音声で記録され、ハッブル宇宙望遠鏡本体と一緒にスミソニアンに引き渡すこと』

『社長の奴、なに考えてそんな仕事拾ってきたんだ』

パイロットのチャンが微速飛行の片手間にぶつくさ言っている。

『だいたい天下のスミソニアンが、なんでうちみたいな弱小に仕事振ってくるんだ。スミソニアンだったら直接ゴダードやケネディ宇宙センターに掛け合ってシャトル便飛ばしゃ済むじゃねえか』

『たまにはうちも文化的な仕事請け負わないと、ガラばっかり悪くなるってさ。でも、そう緊張する必要はないと思うよ』

無線の向こうで、マリオはくすっと笑った。

『どうせハッブル望遠鏡を地上に持って帰っても、モールの航空宇宙博物館に展示される前にシルバーヒルの倉庫でほこりに埋もれて化石になると思うから』

『残念ながらそうはいかないのよ』

『わあっ社長！　ＬＡで夕食までしてくるって予定じゃなかったんですか⁉』

『その件に関しては話したくないわ。ったくあのバカ、今度からなんか言ったら全部録音して記録に残してやるんだから』

オフラインでなにか言ってるのが聞こえてくる。どうやらスペース・プランニングはいつもどおり順調に回転しているらしい、と考えて美紀は笑みを浮かべた。

『それはともかく、さっきの話だけど、ワシントンではもうハッブル望遠鏡のスペースをつくってるそうよ』

業務用に澄ましたジェニファーの声が無線に戻ってきた。

『うちだけに廻ってきた仕事なら、回収するだけ回収して展示スペースや記録の編集は何十年後かに予算がついてからって可能性もあったんだろうけど、回収した部品はコロニアル・スペースのストラトクルーザーが取りにきて、そのままアンドルーズ空軍基地に着陸する手筈になってるわ』

アンドルーズ空軍基地は、ワシントン郊外にある。大統領専用機《エアフォース・ワン》がスタンバイしていることで知られている。

『シアトル廻りじゃなくて、直接ワシントン入りですか』

ボーイング社製の最新鋭単段宇宙機であるストラトクルーザーを運用するコロニアル・スペースの本社はシアトルにある。

『そりゃまた、ずいぶん立て込んだスケジュールですな。いったいなんでまた……』

チャンの質問に地上からの悲鳴が重なった。最近よくあるパターンだけに、あれだな、と声を聞いた軌道上の二人がすぐに事態を理解する。

『感謝しなさい。あなたの会社も、ミッションディレクターの名前も、末永くスミソニアンに残るわよ』

『収蔵品の九九・九九%が倉庫に埋もれてるなんて博物館で、なにを感謝しろってんだ!』

『しばらくかかりそうだな』

操縦席のチャンがのんびりと声をかけた。

『おかしいと思ってたんだ、静止軌道からの帰りにわざわざエアロブレーキングまでかけて傾斜角の違う低軌道に乗れなんて。やっぱり、パサディナ発惑星間生物学者経由の仕事だったんか』

『あら、社長がおさななじみに友達価格で売り込んだって聞いたわよ』

『社長、ミッションディレクターの手が空《す》くようだったら教えてください。こちらはただいまからハッブルに最終接近段階《フェーズ》に入ります』

『その必要はない! スウてめえしばらくそこで待ってろ、あとでたんまり相手してやる。最終接近フェーズ開始確認、ハッブルとダイナソアの位置関係は予定通り、はじめてくれ!』

『無理せんでもええよ。どうせ半自動で、地上で見ててもらうのは儀式みたいなもんだから。必要になったら呼ぶから、ゆっくりどうぞ』

「これからミッションのいちばんデリケートなパートに入るんだ! 余計な問題起こしたくなかったら、てめえそこから一歩も動くな!」

「あいかわらず詐欺みたいな飛行計画《フライト・プラン》ねえ」

軽い身のこなしでコントロールセンターのコンソールの間を歩いてきたスウが、車椅子の後ろから今時ＣＲＴの旧式な高精度ディスプレイを覗き込んだ。

「一歩も動くなってんだろが！　社長、なんでこんなクリティカルな時に、こんなのこんなところに連れてきたんです！」

「一歩も動いちゃ駄目？」

　マリオの肩越しに、スウがにっこり微笑んだ。

「それじゃあ、ずっとここにいてあげる」

　ぎゃああっと、マリオが絞め殺されるような悲鳴を上げた。

「勝手に機械に触るな！　威力業務妨害で告訴するぞ、この野郎！」

「なるほど、静止軌道から一気に減速かけて再突入するついでに、高層大気でコース変更かけてハッブルとの同期軌道に滑り込んだのか。よくこんなむちゃな飛行計画に軌道管制局が許可出したわね」

　高軌道から突入速度のまま低軌道を横切り、そのまま高層大気内で地球を半周もしてから傾斜角も周期も違う低軌道に飛び出している。他の軌道上飛翔体の動きをよほどうまく読まないと、飛行計画そのものを立てることができない。

「最低安全距離の確保のために色々裏技使ってんだよ。だから高軌道からの突入が単純な弾道軌道じゃなくってこまごまと振れてるだろ」

「突入軌道の最中に反動制御装置《RCS》噴いたの？　よくそんな余裕あったわねえ」

「いつものC型じゃとっくに推進剤《ガス》欠起こしてるさ。もっとも、回収作業が終了したら、あとから来るストラトクルーザーに推進剤分けてもらわないと、大気圏突入もできない。ミッション進行状況《プロファイル》はあっちのコンソールでも見られる、わかったらとっととといなくなれ！」

「あーら、冷たいんだ」

スウは不服そうに口を尖《とが》らせた。

「んで、今、フェーズどのあたり？」

どこのコンソールでも必要な情報は表示できるはずなのに、ジェニファーがわざわざマリオの席までやってくる。

「うちのミッションは順調に進行中？」

「じゅんちょおです」

マリオは仏頂面《ぶっちょうづら》で答えた。

「スケジュールによれば、ダイナソアはあと四〇分でハッブル望遠鏡から数メートルのポイントに接近。予定では一時間後か、ひょっとしたらもう少し早くにはポジションを固定して解体作業が開始されます。昨日の昼のミーティングで説明したとおり、今のところ急いで説明しなきゃならないような変更点はありません。社長として確認しておきたい質問事項でもあれば、今のうちにどうぞ」

「半径五〇マイル内で一番のミッションディレクターがみっちり監督してるんだもの、いまさら確認することなんかあるわけないじゃない。事務所にいるから、必要なら連絡ちょうだい」

ディスプレイを覗き込んでいたジェニファーはすっくと背を伸ばした。ディスプレイ上でミッションプロファイルのチェックでもしているマリオを見て、横のスウにウィンクする。

「それじゃ、ごゆっくり」

「はあい、そうさせていただきまーす」

「なんでお前がそう返事する！」

「いいじゃないの、なんにも問題ないわ」

マリオのコンソールから離れたスウが、専用シートを引いてすとんと腰を下ろした。慣れた手つきでコンソールパネルの作動を確認、数面ある高精度ディスプレイに見たい情報を映し出していく。

「仕事で忙しいんじゃないのか」

後ろに廻した手を振ってミッションコントロールセンターを出ていったジェニファーを見送ったマリオが、スウの顔を見もせずに訊《き》いた。コンソールから手を離したスウは、肩をすくめてシートのバックレストにもたれ掛かった。

「だって、いつまで待ったって彗星の施設工事が終わらないんだもの」

「そっちはうちの管轄じゃない。本気であんな高軌道にある研究ステーションに行くつもりなら、今からでも飛行訓練はじめたって遅かないぞ」

「これでも体力トレーニングはじめたんだぞ」

「なにを」

「大学《カルテック》の体育館《ジム》で研究室の学生と一緒に週二時間」

「研究室持ってるドクターが今さら体育の単位とってどーする。それも週に一単位だと、体力維持の足しにもなりゃしねえぞ」

「だって、からだ鍛えるのってつまんないんだもん」

調子の悪い空調の音と低く絞られた無線の声だけがコントロールセンターに流れた。ため息ひとつ分だけの間をあけて、マリオはスウに顔を上げた。

「観光客として連れてってもらうだけでいいんなら、知ったこっちゃない。でも、自分であっちに飛んでくつもりなら、鍛えられるだけの体力つけとかないと軌道にも乗れないぞ」

目の前のディスプレイに映し出されている、ハッブル宇宙望遠鏡に接近していくダイナソア機を目線で指す。

「なんで？　今のロケットなら、ジェットコースターに乗れればいいんじゃないの？」

マリオは大袈裟なため息をついた。

「連れていってもらって落としてもらうだけの観光客ならな。出先でなにかやろうと思ったら、一にも二にも体力勝負だ。宇宙機《スペースクラフト》ってのは人力で飛んでるって、あれだけここに入り浸《ひた》ってて知らないとは言わせねえぞ」

「人力でねえ……」

スウは困ったようにうなずいた。

「おんなじようなこと、担当教授も言ってたっけ。もっともあっちはシャトルじゃなくて無人探査機だったけど」

「ハッブルも、初期運用は相当苦労したらしいぜ。打ち上げ寸前にシャトルがまるごとぶっ飛ぶ大事故《こ》起《っ》こしてスケジュールがいきなり繰り延べされ、四年も遅れてやっと軌道に乗ったと思ったら、今度は主鏡のゆがみが発見されたとか、太陽電池が外れたとか、ジャイロが壊れたとか、レコーダーがパンクしたとか……」

「知ってるわ。カルテックで最初についた指導教授が打ち上げ直前からハッブルに関わってて、さんざんむかし話聞かされたもの」

「……〝いただきアルバトロス〟だな」

差し迫った用事があるわけでもないのにキーボードに滑らせていた指を止めて、マリオはカルテックで宇宙探査の講義を受けた元気な老教授を思い出していた。

「まだ元気でやってるのかい、あの教授？」

「去年退官になったわ。もっとも、ハワイに隠居するっていってたのに、あちこち飛びまわってるらしいけど」

「まあ、あの教授なら、おとなしく隠居してるわけないか」

「軌道上に水場ができれば、もっと遠くへ行ける、そう言ってたわ」

スウは淋しそうに笑った。

「外惑星系の有人探査なんて、机上の計画《ペーパープラン》でしか提案されてないのにね」

「言っとくが、うちみたいな弱小に外惑星探査なんて計画持ち込んだって無駄だぞ。また社長がなんかとち狂ったって、ここの設備と今の技術じゃ、どう逆立ちしたって年単位の長距離飛行なんてできやしないんだからな」

取る軌道と目的地にもよるが、片道の距離が地球・火星間の数倍に達する木星への飛行は片道だけで数年にわたるものになると見積もられている。そのためもあって、火星より外側、外惑星と呼ばれる木星、土星以遠の惑星に対する探査活動は無人機を使ったものしか行なわれていない。

また、往復で一〇年になるといわれている長期間宇宙航行の技術も、まだ確立しているとはいえない。

月基地も、ステーションも、軌道上宇宙船も、飛行機でさえ一〇年以上の長きにわたって使われているものは珍しくない。だが、それだけの長期間、まったく何の補給も受けずに稼動し続けているものは、手の届かない深宇宙空間《ディープスペース》に飛んでいった無人探査機に限られる。有人宇宙船が、少なくとも飛行の間補給を受けずに長期間航行を行なったのは、今のところ火星に対する有人飛行が唯一の例である。

「わかってるわよ」

惑星間生物学などという、マリオよりもよほど遠い宇宙空間を相手にしているスウはむっとしたように応えた。

しばらくして、もう一度訊く。

「……どうやっても、できない？」

マリオはスウに顔を上げた。スウは、正面のディスプレイを見ていなかった。

「なんだ？　新しい行き先でも見つけたのか？」

マリオは、軌道上のミッションの進行をチェックした。ダイナソアは依然ハッブル宇宙望遠鏡に接近中、彼我《ひが》の距離は順調に小さくなっている。最終接近フェーズに入るまでに、まだ二〇分は時間がある。

「カイパー・ベルトか、それともオールト雲か？」

彗星の巣といわれている辺り、太陽系最外縁を廻る海王星のさらに外に広がる空域である。

「あそこらへんになると、要求される閉鎖性も信頼性も二桁は上げたいところだもんなあ。宇宙船の製造からはじめて、軌道上で最低でも一年はテストして、もし予算の心配がないとしても、まあ早くて一〇年てところか、出発までに」

マリオは、かなり楽観的な数字を口にした。

「二〇年かあ。おばさんになっちゃうなあ」

「しかも、どこまで行くかにもよるが、飛行時間は片道一〇年から二〇年。まあ、ぼくがここにいるうちには帰ってこれないだろうなあ」

「おばあさんになっちゃう。そんなに時間かけないで、ちゃっちゃと作ってぱっと行っちゃう方法ないの？」

マリオはうんざりしたように両手を拡げた。

「ありゃあとっくに使ってるさ。直線距離ならサンフランシスコ行くより近い軌道上に小包ひとつ届けるのに、どれだけ手間と時間と準備と計算が必要か、いちばんうんざりしてるのはこの業界の人間なんだ」

「……そうだったわね」

ふふ、とおざなりに笑って、スウはマリオに目を向けた。

「オリジン計画って、知ってる？」

「オリジン計画？」

ミッション空域周辺の飛行物体を調べる振りをしていたマリオは、チェックを自動に切り換えてスウに顔を向けた。

「なんだ？」

「聞いたことない？　前世紀の終わりに、ＮＡＳＡが計画してたんだけれど」

「オリジン計画ねえ……」

ため息をつく間だけ考えて、マリオはあっさりと首を振った。

「聞いたことないなあ。だいたい、オリジンなんてなにやろうとしてたんだ、ＮＡＳＡって航空宇宙局じゃなかったのか？」

「それが、よくわからないのよ」

不満そうな顔で、スウは目を伏せた。

「検索かけてみると、ときたまプロジェクトの名前だけは引っかかるんだけど、けどね……」

「前世紀の終わりなら原始時代の話じゃない」

ゴーグルを目に下ろして、マリオはもういちどキーボードを叩きはじめた。

「ジェット推進研究所《おまえの仕事場》なら、そのころの生き残りがいくらでもいるんじゃないの？」

「広報のマリエッタおばさんが教えてくれたわ。オリジン計画は、ハッブルからはじまった宇宙望遠鏡の将来構想だったって」

ジェット推進研究所《ＪＰＬ》のジョシュエ・マリエッタと言えば、人材移動の激しい宇宙業界でも有名な広報部門の最古参である。

天文学も惑星科学も専門ではないが、長年カリフォルニア工科大学のＪＰＬで広報を務め、その豊富な知識とわかりやすい語り口はウィリー・レイの再来といわれている。

「マリエッタおばさん！　そういや、こないだ行った時には、ペルーで学会とかいって会いそこねたんだ。あのひとはまだ現役だろ？」

「そりゃあ、あのひと以外に小学生のガイドからお偉方への売り込み《プレゼンテーション》までできる人なんかいないもの。定年になったって、ＪＰＬが放しゃしないわよ」

「んで、前世紀の宇宙望遠鏡計画が、オリジン計画なのか？」

「ちょっと違う……」

スウは、聞いた話を頭の中で要領良くまとめようとした。

「本来は、ニューミレニアム計画の一環だったみたい。二〇世紀が終わって、新しい一〇〇〇年期を迎えるにあたり、ＮＡＳＡがはじめた新しい計画の一つで、星と生命の起源を探るっていうのが大命題だったって」

「星と生命の起源ねえ。あながちお前の専門ともそう外れちゃいないテーマじゃないの」

「そのものずばりよ。星の起源については、専門とはかなり違うけど……でね、オリジン計画は、ハッブル望遠鏡、シュピッツァー観測ステーションの次に、火星より遠い軌道に高性能の宇宙望遠鏡をいくつも配置して有機的に運用する予定だった」

「知ってるかい、人類最初の有人月探査は原子力ロケットを使う予定だった。一九六〇年代《あの時代》に、だぜ。スペースシャトルは建設予定だった宇宙ステーションへの往復用だったし、二〇〇一年には木星に有人探査用の宇宙船が飛んでるはずだった。つぶれちまった夢みたいな計画なんて、この業界なら売るほどあるぜ」

「どうして、火星より遠い、データ受け取るだけで何十分もかかるようなところに望遠鏡を置くつもりだったのか、わかる？」

問われて、マリオは少しの間考え込んだ。

「太陽輻射《ふくしゃ》の影響を少しでも避けたかった、だろ？　ライプニッツ・クレーターの観測基地アルファが月の裏側にある理由は、近傍空間で最大の電波汚染源である地球の影響をできるだけ受けないところだからって聞いたぜ」

「そのとおりよ」

スウはうなずいた。

「出どころがわかってるノイズなら、後処理で取り除くこともできるけど、でも最初っからノイズの届かないきれいな宇宙で観測すれば、それだけ精度の高いデータを手に入れることができるわ。そうすれば、星だけじゃない、そのまわりを廻っている惑星も見えるかもしれない」

「そりゃまあ、大質量のガス状惑星《ガス・ジャイアント》なら母星の振れから発見できるだろうけど、別に今さら太陽系外惑星なんか珍しくもないだろ？」

太陽系外に存在する惑星は、二〇世紀の終わりから確認されはじめている。あるものは大質量の惑星が星系を公転することによる母星の振れから発見され、またあるものは主星を横切る時の光量のほんのわずかな低下から見つけられた。

「地球型惑星の確認が、オリジン計画の最終目標だったたって」

「――なに?」

マリオはスウの顔を見直した。スウは、思い詰めたような表情で繰り返した。

「太陽系外地球型惑星の確認が、オリジン計画の最終目標だったたって。太陽系から半径五〇光年以内にある恒星系に狙いを定めて、地球型惑星を発見する予定だったんだって」

「太陽系外地球型惑星、ね……」

くりかえしたマリオは、ヘッドマウントディスプレイを目にあててタッチパネルに指を走らせた。スウは続けた。

「間違いなく存在するとは思うけど、そんなものが確認されたら、どうなると思う?」

「ちょっと待ってな」

「なにやってるの?」

「探し物。ええと、地球型惑星の映像だろ」

スペース・プランニング社のオフィスにある電子の要塞にアクセスしたマリオは、かなり前にどこかのサイトから手に入れた映像データを探していた。

「どこに仕舞っといたかなあ、この先、この奥、これじゃなくて、こっちじゃない。ええと、間違いなくこのあたりなんだが、なんて名前つけといたっけなあ」

ぶつくさ言いながら自分のワークステーションを遠隔操作するマリオが見ている映像は、

スウにはわからない。

「なに探してるのよ、どうせまた本棚ぐちゃぐちゃにしてるんでしょ」

「んなこたない。ブルー・プラネット、たしかそんな感じだったっけ、こいつか？」

ディスプレイ上に、蒼《あお》い惑星の映像が映し出された。スウは胡散臭《うさんくさ》そうな顔でディスプレイに目を落とした。

「なにこれ？」

かなり遠距離から撮影された地球の映像らしい。スウは、最初の火星有人探査で地球から離れていく宇宙船から送られてきた記録の中で似たような画像を見たことがあった。

「だから、話題の、太陽系外地球型惑星だ」

ヘッドマウントディスプレイのゴーグルを額に上げて、マリオはディスプレイの映像を確認した。

スウは、遠く離れた星の映像を見直した。

海洋らしい青色と、白くかかる雲が確認できる。雲間から、緑の陸地らしい画像も確認できるが、光に照らされているのはその半分だけ、月から見た半地球の状態だから、雲の下に広がるであろう地上の形も見分けられない。

背後にあるはずの星の瞬きも見えない。ほとんど暗黒の宇宙空間に、半分だけ照らされた青い小さな星がぽっかりと浮かんでいる。スウは、眉根を寄せてディスプレイから顔を上げない。

「見たこと、ある……」

「日付、いつになってる？」

片目だけにヴァーチャルゴーグルを当てたマリオは、視線入力とタッチパネルで付随データを呼び出した。

圧縮された画像データは、きっちりと管理されているものであれば撮影日時、条件、使用機材、撮影者などの細かい情報が書き込まれているが、この画像はよくある粗悪なコピーのように日時とタイトルだけしか記入されていない。

「三年前。ダウンロードした時の日付だ、撮影日時じゃない」

タイトルはもっと簡単だった。

太陽系外地球型惑星。

「見たことあるわ、この絵。ここに……西海岸にくる前だと思うけど」

「タブロイドページに載った巻頭記事だ」

マリオは、ゴーグルで片目を隠したままの顔をスウに向けた。

「最初に世の中に出たのは三年前どころじゃない、もっとずっと前だ。正確な日付が知りたければ、その手のサイトにいけば情報が揃ってるんじゃないかな」

「タブロイドページ？」

ローマ法王が悪魔と会見とか、ディズニーワールドがタイムマシンの開発成功とか、ノストラダムスの新予言発見とか、ありそうもない記事を載せて大衆の耳目《じもく》を引くことだけに集中しているタブロイド紙には、輝かしい伝統と実績がある。

「そう。オリジナルの記事は、たしかこんな見出しじゃなかったかな。NASA、新世代の宇宙望遠鏡で太陽系外地球型惑星を発見、ホワイトハウスは移民計画を検討中」

ゴーグルを目から外したマリオは、悪意のある笑みを浮かべてみせた。

「覚えてるかい?」

「知らないわよ!」

叩きつけるように言って、スウはそっぽを向いた。

「……いいえ、知ってる。子供のころに、スーパーのレジカウンターで買ってもらったことがあるわ」

「へえ?」

マリオは意外そうな顔をした。

「あんなの読んでたんだ」

「いつもじゃないわよ!」

スウが牙を剝く。

「大統領が宇宙人とサミットやったとか、E.T.が国連会議で演説予定とか、気にならない方がおかしいわよ！」

「ケネディ暗殺は宇宙人の陰謀だったとか、マーズ・エクスプローラーが火星人と接触したとか、すっげえどきどきしたもんだぜ」

「え？」

スウはマリオの顔を見直した。

「あなたも、読んでたの？」

「読んでたって表現は正確じゃないな。愛読者とは言わないが、今でもときどき楽しんでるぜ。知ってるかい？　こないだアフリカで見つかった狼少女は知能指数が三〇〇近い天才だそうだ」

「なにそれ？」

「知らない？　それじゃ前世紀のコンピュータは中国のあやしげな風水で動いてたって話は？　地球温暖化は実はたった一人の人間のせいだし、マサチューセッツ工科大学《MIT》が二〇世紀の技術で作ったロボットが人間世界に紛れ込んで最近まで気がつかれずに生活してたのも知らない？」

「……なにそれ？」

目が点になってしまったスウの前で、マリオは楽しそうに笑い出した。

「ガキのころには、さんざん騙《だま》されたぜ。スウはいつ頃まで信じてた？」

スウはにこりともしないでマリオを睨みつけている。

「ふんだ。あなたは何歳まで謎の未確認飛行物体を信じてたのよ」

「未確認飛行物体？　金星人や火星人が乗ってきてる奴でないんなら、ぼくは実在を信じてるよ。なにせ確認されてないものがあるって言うんだから、そりゃあ確認されるまでは未確認だもの」

「そういう話、してるんじゃない！」

「これは？」

マリオは、スウの目の前に映し出されている小さな青い星の映像を指した。

「こいつが、いつごろ撮影された画像なのか、ぼくは知らない。だけども、太陽系外地球型惑星のネタってのは、だいたい四年おきくらいにこっちの業界を駆け巡ってるネタなんだ。知らなかった？」

「……ネタ、なの？」

マリオは、スウを哀れむようにうなずいてみせた。

「そう。グルームレイクの倉庫に保管されている宇宙人の円盤や、大英博物館の恐竜の生体標本、ライデンの人魚のミイラと同じさ。太陽系外地球型惑星が発見されたってうわさは、だいたい四年おきくらいにこっちの業界と、あと物好きなネットのサイトにも出まわるんだ。こっちはもうそんな時期になったかって、ええと……」

マリオは、画像データの日付と今日の日付を見比べた。

「まだ早いぜ」

黒目がちの茶目でじっとマリオを見つめたスウは、あきらめたように目をそらして首を振った。

「あたしが言ってるのはネタの話じゃないわ。絶対にこの宇宙のどこかに実在する地球型惑星の話よ」

「そりゃまあ、どっかにはあるだろうけど」

「太陽系の近所だけでスペクトルG型の恒星がいくつあるか知ってるの⁉　今わたしたちが住んでるこの太陽系だけで、いくつ惑星があるか知らないの⁉」

「その中で、なんとか人間が住める星はたった一つだけ」

マリオは足もとを指した。

「そいつも、あちこちガタが来ておかしくなりかけてる」

「他の恒星が同じような惑星系を持ってないと思う方が変でしょ！」

「恒星系はその誕生経緯から惑星を持つ方が自然である、そりゃその程度は教わったさ。だけど、同じ授業で、地球ってのがどれだけ特殊な条件を持った惑星系かって話も聞いただろ。太陽系で地球公転軌道ほど安定した円軌道で廻っている惑星はない。月ほど大きな衛星を持っているのは準惑星の冥王星とカロンだけで、こいつは太陽から離れすぎているうえに実質量ときたら問題にならないくらい小さい。どれひとつの条件が欠けても、地球上に生命が発生した可能性はない」

「うそよ」

「え？」

マリオは思わずスウの顔を見直した。

「生命って、そんなにひ弱な、発生するかしないかがダイスの出目で決まるようなものじゃないわ。気候が安定しない軌道の星なら、それに対応した生命体が発生する。月による潮の満ち引きがなければ、それに応じた発生体系をとる。環境が静止して安定しちゃった、エントロピー平衡の世の中でもない限り、必ず生命は発生するのよ」

「……それは、そっちの業界の最新の学説かい？　それとも、スウの宗教かい？」

スウは妙な顔をした。

「宗教？　やだ、信条って言って」

「おんなじよーなもんだろーが」

「この画像は？　偽物《フェイク》なの？」

言われて、マリオはこちらはヴァーチャルゴーグルに映し出したままの地球を目の前に持ってきた。

「さあ。本物のわきゃないと思ってるけど、そういう分析はそっちが本職じゃないのかい？」

「そりゃそうだけど……」

不満そうな顔で、スウは小さな青い惑星《ほし》の写真を見た。

「この画像データ見ただけで判断するの？　どうせ、再構成データだから、本物そのままなんてはずがないと思うけど……」

『楽しくおしゃべり中のところ申し訳ないんだが』

軌道上のダイナソアE号機から通信が入った。

『そろそろ最終接近フェーズにはいってもいいかな』

「相対速度、軌道、姿勢、全部問題なしだ」

ヘッドマウントディスプレイを装着し直して、マリオは即座に応答した。時間を確認する。

「予定より五分早い。腕上げたね、チャン」

『持ち上げるのは、最終フェーズ完了させてからにしてくれ』

ロボットアーム上の美紀が作業しやすいように、機体姿勢を修正しながらチャンが答えた。

『現在、直線距離で二〇メートル。そろそろ美紀の手が届くぜ』

ダイナソアと、直近から観測されたハッブル宇宙望遠鏡の軌道と姿勢データが蓄積されている。当初の予定のまま接近して間隔の短い編隊飛行に入った場合のその後の姿勢変化を予測させながら、マリオは修正データをダイナソアに送った。

「接近速度をもうすこし遅く、後は見た通りのデータだ」

『了解。データ確認した、こっちの見積もりとだいたい同じだ。んじゃまあ、最終接近フェーズ開始する』

STAGE1　眠り姫

北米大陸の東海岸、大西洋側に位置するニューヨークの北側、マサチューセッツ州ボストン市。

合衆国最古のハーバード大学、名門マサチューセッツ工科大学、ボストン大学などを抱える古い歴史の街は、同時にアメリカ最先端の医療施設が集まった病院都市でもある。

市街の北側、大西洋に溢れ出るチャールズ川を渡る鉄筋コンクリートのロングフェローブリッジのたもとに、白亜の殿堂という言葉を思い起こさせるような近代的な複合建築がそびえている。

リンカーン記念病院。アメリカでもトップクラスの先端医療を行なう総合病院であり、とくに宇宙医学に関しては、スペースシャトル運用開始以来の実験経験と実績を誇っている。

スペース・プランニング最古参の宇宙飛行士であり、未だにそのライセンスを保持しているデューク・ドレッドノートは、宇宙放射線病の治療のためにここリンカーン記念病院に転院していた。

「それで？」

極彩色のパジャマを着てベッドに半身を起こしているデュークが、胡散臭そうに二人の見舞い客を見比べた。

「なんでお前らがここにいる？　太平洋側からはるばるバカンスに大陸横断してこれるほど、うちの会社はひまなのか？」

「ええと、その、会社の事情ってやつで最終減速寸前に着陸地の変更をくらいまして」

最新のモニター設備が並ぶ個室をもの珍しそうに見まわしながら、チャンが答えた。

「ほんとだったらいつもどおりモハビ砂漠に降りてく予定だったんですが、ミッションの最後にスミソニアンがらみの回収作業《サルベージ》が入りまして。ほら、あそこってなにやるんでも記録映像欲しがるでしょう、コロニアル・スペースのストラトクルーザーと一緒にワシントンのモール上空を通過する絵が欲しいとか言い出しまして」

「ハッブル望遠鏡の回収作業か。早いとこ東海岸から逃げ出さないと、新しい展示室のオープン記念セレモニーにまで引っ張り出されるぞ」

言われて、チャンは花束を抱えたままの美紀と顔を見合わせた。美紀は下品に顔を歪めて首を振った。

「予想すべき展開よね。マリオに言って、博物館がらみの連絡は全部オミットしてもらおうかしら」

「まあ、そんなわけで、社長の指令もありまして、大陸の反対側で養生中のうちの宇宙飛行士を見舞ってこいと、そういうわけです。はい、美紀、花束渡して」

「お元気そうでなによりです、どうぞ」

「そこらへんに置いといてくれ」

デュークはうるさそうに手を振った。

「あとでナースに言って待合室にでも飾らせる。んな煮ても焼いても食えないものじゃなくて、もうすこし気の利いたもの持ってこい」

「気の利いたものもあることはあるんですけどね」

チャンは、下調べに来たこそ泥のように個室を見まわした。

「ここの監視状況って、どうなってるんです？　ここでの会話はすべてナースステーションに筒抜けとか、カメラで監視されてるとか、そういうことはあるんですか？」

「よせやい」

デュークは冗談じゃないというように手を振った。

「危篤状態で集中治療室でお寝んねしてるわけじゃないんだ。こっちから呼び出さない限り、この部屋のプライバシーは確保されてる」

ベッドに胡座《あぐら》をかいたデュークは、辺りをはばかるように声をひそめた。

「その気になれば脱走するほどの自由も確保されてるって、長期療養してる奴が言ってたが、まだ試したことはねえ」

「そうすると、ここで御禁制の品を持ち出しても大丈夫、てえことですな」

チャンは、もう一度個室の中を見まわした。モーテルのシングル程度のスペースは確保されており、ベッドだけでなくテーブルと椅子が二脚ほど置かれている。

枕元には集中モニター用の医療機器がシステム化されて組み込まれているが、どのディスプレイも今は消えており、作動を示すランプも消灯している。

天井近くに広角ビデオカメラのレンズが見えるが、これもダイオードは消えている。インターホンのマイクの作動までは確認できないから、口に手を添えたチャンはさらに声を低くした。

「ご注文のラム酒、近所のリカーショップから買ってきましたけど、どうします?」

「包んであるか?」

同じように低い声で、デュークが応えた。モニター設備があるのにそれを使っていないという言葉を額面どおり受け取るには、二人とも予備知識が多すぎる。

「もちろん、見ただけじゃわからないように」

「上出来だ。帰り際に忘れた振りして置いていけ。さてと」

右の手首に識別用のブレスレットを巻かれているデュークは、左手首のごつい機械式腕時計に目をやった。

「そろそろイベントがはじまる時間だな。北の塔に、行ってみるかい」

「北の塔？」

最新の医療施設らしからぬ固有名詞に、チャンと美紀は顔を見合わせた。デュークはベッドから身体を廻して足を下ろした。

「そこのガウンとってくれ。この病院の北っ側に先っちょのとがったタワーがあっただろう。低温医療センターはあそこらへん一帯を占拠してる。おれなんかよりも、北の塔の眠り姫のほうに興味があるんじゃないのか？」

「いいんですか⁉」

美紀がうれしそうに訊いた。デュークはうなずいた。

「医局の担当医には話が通ってるはずだ。もっとも、今日なら、こっちの業界の奴もいろいろ来てるんじゃないのかな？」

低温治療は、人為的に患者の体温を下げることによって一時的に代謝機能を低下させる療法である。

ヒトゲノムの解読が終了し、その解析に入った二一世紀初頭より前から、合衆国には超低温で人体を保存する試みがあった。その多くは現在の医療で治療不可能な患者を冷凍保存することにより、その蘇生まで含めて未来の医療技術に託す、という他力本願的なものであり、液体窒素漬けにされた保存体の多くは現在の医療技術をもってしても蘇生不可能と言われている。

低温治療と極低温医療技術はその出発点は別であるが、数多くの共通点を持つために熱心に研究が進められた。そして、概念のみの研究だった冷凍睡眠《コールドスリープ》の実用研究として近年多額の研究資金が投下され、大型哺乳動物、具体的にはチンパンジーを使った実験までは成功している。

人工冬眠《クリオジエニック・サスペンション》の実用化は、最終段階にあたる人体による臨床実験段階にまで入っていた。

それまでに、部分的な人体保存は各方面で成功している。

特殊な方法で瞬間的に生存時の熱量を奪われた内臓器が、遺伝子破壊の心配のない零下一六〇度の液体窒素に浸され、二週間後に「解凍」されて臓器移植に使われた例もある。

一年以上の冷凍冬眠は動物実験に成功しており、二年以上の長期実験に関しても進行中のプロジェクトが幾つもある。そして、短期間の人工冷凍冬眠がほぼ一〇〇パーセントの成功率を収めるようになったところで、ボランティアによる人体実験段階に入った。

リンカーン記念病院は、積極的に先端医療を行なうことで知られている。そして、これにタフツ大学の低温医学部、マサチューセッツ工科大学の極低温工学部などが協力する形で、二週間と期限を区切られた極低温冬眠実験が開始されたのである。

当初、実験は極秘体制で行なわれた。しかし、関わるスタッフの多さから自然に先端医療現場に情報が流れ、また関連する研究施設の中にジョンソン宇宙センターがあることから航空宇宙業界からも注目を集めることになった。

最初ＣＮＮに理性的に報道された実験経過は、その後三大ネットワークのニュースによって全米市民の知るところとなった。そして最初の被験者の覚醒予定日に指定された今日は、計画に関わる各機関の所属関係者だけではなく、報道関係者までが病院に入り込もうとして、リンカーン記念病院は創設以来のラッシュ状態になっていた。

「どこまで信用できるんだ？」

見舞い客として病棟に入る時にもらった胸のＩＤカードを見て、チャンは行き交う人の波にため息をついた。

「ＮＡＳＡだけでもヘッドクォーターからジョンソン宇宙センター、マーシャル、ゴダードにＪＰＬまでいるし、コロニアル・スペースにオービタル・サイエンス、さっきなんかニュー・フロンティアのマーク背負ってたのがいたぞ」

前年までの大手ニュー・フロンティアは、倒産して今は存在しない。

「あとは大学病院、医療研究所、インターンらしいのから報道関係てところかしら？」

「その報道関係ってのが怪しいんだ」

デュークがしたり顔で説明する。

「自分で勝手に記事を作ってマスコミに売り込む奴が多いからな。正式な記者証持ってる奴以外は、こっそり入り込んだフリーランスだと思って間違いない」

「ええと……」

低温医療センターにつながるプロムナードが、白衣姿の医療関係者、技術者、それに様々な服装に装備を抱えた報道関係者その他によってかなり混雑している。チャンは、落ち着かない眼差しであたりを見まわして言った。

「この場合、我々の立場ってのはどうなってるんでしょうか？」

「このおれが入院患者、そっちが見舞い客、それで物足りなければ宇宙産業の現場関係者でなにも問題はなかろう？」

「そりゃまあ、嘘はついてませんが……」

「患者の病状の現状固定以外に使うとしたら、人工冬眠てのは長期の有人宇宙飛行が一番なんだ。経験者が見学に行くのは、なにも悪いことはないと思うぜ」

「これだけ混んでると、ネットで中継見てるマリオなんかの方が確実な情報持ってんじゃないのかなあ」

メカニズムで埋められたワゴンを鬼のような形相で押していく看護師の進路上から身をよけたチャンは、壁に張りついている。

「ネットで公開される情報なんぞ、後からいくらでもチェックできる。せっかく現場にいるんだ、現場じゃなきゃ見られない状況を見に行こうぜ」

「……そう言えば現場一筋の人だった……」

チャンは、美紀と顔を見合わせてため息をついた。

「こっちだ。まともに入って行くとゲートで撥《は》ねられるからな、スタッフ専用の裏道を使う」

「だから、どうやってそんなもん調べたんです？」

「医局のアニーが教えてくれた。あとで紹介しよう、いい女だぞ」

「つまり、看護師たらしこんだわけですか」

「宇宙医学の専門家だ。ちょいと親睦を深めただけさ」

職員専用の通路でもあるのかと思っていたら、エレベーターに乗り込んだデュークは一気に最下層の地下三階まで降りた。

新建材で機能的に飾られた地上部分と違い、地下も最下層まで降りるとコンクリートの打ちっぱなし、ＬＥＤ照明にはカバーもなく、部外者は立ち入り禁止のはずの区域には、エレベーターの表示では機械室と倉庫くらいしかない。しかし、今日に限って天井をパイプがのたくる地下通路が延々と続く区画に白衣が多い。

ガウンをはおった患者に、見舞い客専用の使いまわしのプレートをぶら下げた普段着の男女二人連れの組み合わせはいかにも目立つが、ときおりデュークが顔見知りに声をかけるくらいで誰何《すいか》もされずに進んでいくことができる。

「いいんですか、病院に抜け道なんか作っても」

道を心得ているように歩いていくデュークに、美紀が声をかけた。行き交うスタッフと、ときどき入院患者らしいのも歩いているところをみると、日常的に使われているらしい。

「ここってバイオの研究室もあるし、病棟ごとに出入りの制限なんか、ないんですか？」

「おう、とくに隔離病棟なんぞに出入りしてると、うっかりバイオハザードでも起きた時に動けなくなるから、その時のためだそうだ」

「……意味ないじゃないですか」

「でっかい組織をまともに動かそうと思ったら、こうでもして効率上げないと立ちいかんぞ。おれは、こんな無茶しても回転してるってことで、かえって信用できると思うがね」

「これだから、経験値だけでレベル最高になるような人は……」

ため息をついて、チャンはこっそりと先を行くデュークに後ろ指をさした。

「馴れ合いと成り行きまかせで仕事してると、そのうち痛い目見るって、さんざんガルベスに言われたもんだけど」

「おう、だからお前たちは気をつけるんだぞ。決して馴れ合わず、初心忘れるべからずってな。ここのエレベーターだ」

打ちっぱなしのコンクリートのホールに、ドアだけは最新式のエレベーターがいくつも並んでいる。地下三階まで降りてくるエレベーターは限られているらしく、デュークは迷いもせずにそのひとつのボタンを押した。

エレベーターが開くと、低温医療センターのホールからすでにラッシュは始まっていた。リンカーン記念病院側はわざわざこのために報道センターを用意し、広報スタッフがホームページ上で状況の変化を逐一生中継し、記者会見の用意まで整えたにもかかわらず、ボストン中の先端医療スタッフ、マサチューセッツ中の特ダネ狙いのパパラッチ、東海岸中の野次馬が集まったような混雑である。

「この病院の受付ってな、なにがどうなってるんだ」

白衣とスーツに作業着が入り乱れ、てんで勝手なネームプレートと、人種によっては腕章も付けている人波をかき分けながら、デュークはぶつくさ文句を言った。

「少しは入り口で選り分けろってんだ、おかげで歩きにくくってしょうがねえ」

「どこ行くんです！」

入院患者のはずのデュークに置いていかれそうなチャンが声をかける。

「行き場所わかってんですか！」

「桟敷《さじき》席だ！」

先を行くデュークが叫び返した。

「最前列を予約してある、つもりだったんだが、この調子だととっくに埋まってるかな？」

「埋まってる埋まってる。もーお見学室なんか入り口までぎっちりよ」

「ああ？」

かなり身近なはずの声に話しかけられて、三人は同時に振り返った。壁際で、ジェニファーが手を振っている。

「しゃちょお！」

チャンと美紀は同時に声を上げた。

「なんで社長がこんなところにいるんです⁉」

「ワシントンからお呼びがかかったのよ」

ジェニファーはなんでもなさそうに手を振った。

「ちゃう、ワシントンに本部のあるスポンサーから」

「合衆国政府《ワシントン》から⁉」

ジェニファーは両手をぱたぱたと振った。

「ついでだからデュークの見舞いに寄ったんだけど、うわさどおりすんごい混雑ねえ。見学室まで行こうったって、たどりつくまでに王子さまのキスどころかエンディングまで全部終わっちゃってるんじゃないの？」

「王子さまのキス？」

美紀は妙な顔をした。

「社長、そういうの趣味なんですか？」

「眠り姫って言ったら、昔っから王子さまのキスで目を覚ますもんでしょ。もっとも今回の白衣の王子さまは、とびっきり熱い電子レンジのキスで眠り姫を一気に加熱するらしいけど」

「どうします?」

壁際に張りついて、チャンは人混みを見まわした。

「あくまで見学室目指します? それとも、デュークの部屋に戻ってネットかなんかで見物します?」

「せっかくここまで来て後戻りかい」

デュークは未練たらしくあちこち見まわした。美紀が目の前の名札のかかっていない個室のドアのノブを回してみる。

「他の抜け道は知らないんですか?」

「ここまで来て抜け道なんかあるかい。見学室だけならエアダクトまわりか。あそこはたしか窓もないから外から回り込むなんてこともできないし」

「地上一六階の見学室に窓があったら、どーするつもりなんです」

個室のドアが向こうから開かれた。思わず飛びのいた美紀は個室のネームプレートに目を走らせた。ネームプレートはからのままである。

「あ、失礼しました、開けるつもりじゃなかったんですが」

出てきた東洋系の男の顔を見て、ジェニファーが叫んだ。

「瞑耀《メイヨウ》! なんであなたがここにいるのよ!?」

「だれ？」

「……劉健《リユウケン》のところのシークレットサービスだ」

思い出したように、デュークがつぶやいた。美紀とチャンが顔を見合わせる。

「……りゅうけん？」「社長の知り合い、かしら？」

「ジェニファーのな」

「デューク！　何も言わないで！」

「よかったら中へどうぞ」

長身のスーツ姿の男は、人混みでごった返す廊下の四人を招き入れるようにドアを大きく開いた。

「劉健も中にいます」

「お断りよ！　あのバカなんで……」「お招きを受けよう」

ジェニファーとデュークが同時に言った。

「ちょっと待ちなさいデューク！」

「あんたたちがこっちの業界に手を出してきたのは聞いてたが、次は医療業界かい？　偉大なる東洋医学とのバランスをどうとるつもりだ？」

「おお、デューク・ドレッドノート！」

まわり中を電子機器に囲まれたベッドに、野戦服のジャケットを引っかけて座っていた男が親しげに手を上げた。

「お久しぶりです。ここに入院していたとは、アメリカ大陸も狭くなりましたなあ」

「おう、劉健か」

応接セットまで備えられた個室を見まわしたデュークは、顔をしかめた。

「うちの病室よりずいぶん豪勢だな。入院……してるようには見えないが」

「お邪魔します……」

先に入っていったデュークに引きずられるような形で、チャンと美紀は個室の病室に足を踏み入れた。

「よしなさいって！　こんな奴に関わると、ろくな目にあわないわよ！」

「えーと……」

チャンは困ったような顔で、中の東洋系と、瞑耀にドアを押さえさせたまま入ってこようとしないジェニファーを見比べた。

「なんか、訊いちゃまずい関係ですか？」

「訊いてるじゃない！」

「そちらは、スペース・プランニングの腕利きパイロットのお二人じゃないか。ジェニー、紹介してくれないのかい？」

奥の劉健から声をかけられて、仏頂面のままジェニファーは個室に入ってきた。中を覗き込もうとした新聞記者を押しとどめるように、瞑耀はドアを閉じた。

「ミキ、チャン、こちら、カイロン物産の劉健」

「カイロン物産ちゅうと……」

チャンが聞いたことあるなあ、というふうに首をひねる。ジェニファーは、チャンが余計なことに気がつかないうちに、さっさと言葉を重ねた。

「ゼロゼロマシンのスポンサーよ。劉健、こっちがミキ・ハヤマと、チャーリー・チャン。デュークには、いまさら紹介の必要はないわね。それで」

早足に歩いてベッドの前に立ったジェニファーは、劉健を睨みつけた。

「中南米のジャングルの中で汚れ仕事してるはずのあなたが、なんでこんなところでもっともらしい顔してモニター見てるのよ！」

ベッドのまわりに設《しつら》えられていたのは、患者の容態をモニターするための設備ではなかった。急ごしらえらしいモニターシステムとデータディスプレイがいくつも立ち並び、様々な角度から白いシーツに覆われた手術台の上のコードだらけの患者を映し出している。

「ああ、それに関しちゃ出発前にカタがついた」

まくしたてていたジェニファーに、劉健はあっさり答えた。口をぱくぱくさせるジェニファーに、モニターの映像を指し示す。

「なんで僕がここにいるかっていうと、それはちょっと答えるのに困るな。できれば君の意見も聞きたいところだ。こいつは、あと何年かすれば実用に使える程度には信用できる技術なのかい？」

「なんか、親しいんだか仲悪いんだかわかんない関係みたいですが」

ドアのところから社長と劉健の様子を観察していたチャンが、小声でデュークに訊いた。

「どういう知り合いなんです？」

「ジェニファーに聞いた方が楽しいぜ」

「デューク！　よけいなこと言わないで！」

「……こりゃ、広報向けに選り分けた映像じゃないな」

デュークは、ベッドのまわりのモニターを見まわした。ところどころに、まだ処理されていない生データまでが表示されている。

「実務用のデータとモニターの情報を全部流してもらってます」

劉健がうなずいた。

「専門外の僕が見てたって大した役には立たないんですが、まあ、同じデータはＬＡのラオタン病院にも流れてますし、必要な解析は向こうでやってくれるでしょう」

「ラオタン病院？　リンカーン記念病院がどことでも提携してるのは知ってるが、チャイナタウンの病院とまで技術協力してるのか？」

「こいつには、かなりな協力をしてるようです」

劉健は、シーツで覆われた被験者を映し出すモニターを指した。

「僕も専門外なんで詳しいことは知らないんですが、なんでも鍼《はり》を使ってるとか」

「ハリ？」

デュークは妙な顔をした。

「ハリって、あのハリ一本で風邪でもガンでも治しちまうっていう、あの東洋の神秘のハリか？」

「違うと思いますが、瞑耀、なんだったっけ？」

「風邪でもガンでも治るというわけにはいきませんが、東洋医術の鍼です」

「ハリって、針？」

ジェニファーが妙な顔をする。

「あれが、冷凍睡眠にどう関係してるの？」

「実験用動物では成功している急速冷凍の人体への応用が遅れたのは、細胞に損傷を与えずにガラス化する低温まで、一気に体温を下げる技術がなかったからです。人体の持つ熱量は、数字にすれば大したことはありませんが、全体を均一に、瞬時に冷凍するにはいささか大きい。そこで、熱伝導性の高い純銀の鍼を刺し、体表面からだけではなく、人体内部からの熱も外部に伝導することによってこの問題を解決しました」

「ちなみにこれが、シーツなしの各部アップ」

手元のリモコンで、劉健はディスプレイの一つを切り換えた。

「おお、イレイザーヘッド」

つぶやいたデュークの横で、なにが映っているのかに気づいた美紀とジェニファーが悲鳴を上げた。

「はりー！　針よ針、針があんなにぎっしり！」

映し出されたのは、右手から二の腕にかけての映像だった。細い鍼が、一センチ四方に一本という割合で方眼を書き込まれた皮膚に計ったような間隔で並んでいる。

「だから、冷却時の熱排出に必要なんだって説明しただろうが」

「だからって刺しっぱなしにするこたないでしょ！」

「大丈夫、熱伝導効率の許すかぎり細い鍼が使われている。将来的にはこんな面倒なことをしなくても、人体の熱を吸収できるのかもしれないが、今はこんなまじめな方法を使うしかない」

「こりゃまあ……」

デュークは、隣の白いシーツをかけられて下にあるものの形もわからない映像と、その下の細いコードにつながれた鍼がみっしり並んでいる白い腕の映像を見比べた。

「確かに、実際の映像がこんなグロだと、うっかり公開するわけにはいかんか」

「学術ネット向けにはノーカットの映像が公開されてますけどね。しかし……」

劉健は、ほとんど変化のない映像に目をやった。

「眠らせるにも起こすにもここまで大掛かりな設備と人員が必要だとすると、人工冬眠てのを実際に宇宙旅行に使うのは難しいんじゃないですか？」

「技術ってのは、それなりに面倒見てやれば確実に進歩するもんだ。今はよちよち歩きの赤ん坊でも、大人になりゃなんかの役に立つもんさ。そうだろ、ジェニファー？」

「なにが言いたいのよ」

今にも噛みつきそうな顔で、ジェニファーはデュークを睨みつけた。

「なにを言わせたいわけ？　なにが不満なのよ」

「ま、経験者として言わせてもらえば、眠ってる間にも着実に進むはずの宇宙放射線病をどうやって防ぐか、が問題だろうなあ。止まってる時間が長ければ長いだけ、星から飛んでくる宇宙線てのは確実におれたちの遺伝子を破壊していくわけだから、時間通りに目覚めたとしてもそのあと新陳代謝がうまくいかなきゃ、ちょいとばかり考えたくない事態になると思うね」

「……そちらの宇宙飛行士お二人も、同じ意見かい？」

いきなり話を振られて、美紀は隣のチャンを見た。

バン・アレン帯に守られている低軌道でも、一回の宇宙飛行で人体が浴びる宇宙放射線の量は地上のそれを遙かに上回る。そして、高軌道を飛ぶ宇宙飛行士の放射線対策は確率論に頼っているのが現実である。

宇宙線が人体を透過していく時に遺伝子のどの部分をどう破壊していくのか、それが修復不能になった時に新陳代謝を続ける人体がどうなるのか、宇宙医学は未だに決定的な結論を出していない。

美紀は、口を開いた。

「……起きてれば、新陳代謝がありますから、ある程度は身体のダメージを回復してくれると思います。でも、寝たままだとダメージは蓄積される一方ですから、目が覚めたらおばあさんになってる、みたいな悪夢に悩まされそうな気がしますけど」

「なるほど。興味深い意見だ。これは、平均的な宇宙飛行士の意見だと思ってもいいのかな、ジェニー？」

「なんであたしに訊くのよ！」

ジェニファーは劉健から目をそらした。

「……でも、まあ、分厚い宇宙服を通してさえ太陽の熱を感じられるような宇宙遊泳の経験をすれば、見えない放射線とか宇宙線に対する感覚も変わるみたいね。ほら、軌道上では目を閉じていても宇宙線が見えるって話じゃない」

「そりゃ、ニュートリノが眼球を抜ける時のチェレンコフ放射だ」

デュークは首を振った。

「宇宙放射線ってのはおっかないもんだぜ。痛くもないし、感じられもしないのに、確実に身体と頭を蝕《むしば》んでいく。これより恐ろしいのは、歳《とし》くらいなもんだな」

「医学的な見地からいえば、冷凍睡眠中に宇宙線による被曝がどの程度の影響を与えるのか、その結論はまだ出されていません」

瞑耀が、プレゼンテーション用のプリントアウトを読み上げるような口調で言った。

「実際に、長期冷凍睡眠中の宇宙放射線被曝が人体にどんな影響を与えるのか、人体実験が行なわれるのはかなり先のことになると思いますが」

「これだけの設備まるごと宇宙空間に持ち上げるんなら、な。だが、カイロンがここに金出してるってことは、軌道上に凍らせたサンプル持ち出しての動物実験くらいはもうはじまってるんじゃないのかい?」

瞑耀は東洋人らしい、あいまいな口元だけの笑みでそれに応えた。

デュークは続けた。

「もしよければ、将来のためにどんな結果が出てるのか、聞かせてくれねえか? ああ、もちろんここだけの話にしとくから」

「残念ながら、それは最高級の企業秘密です」

瞑耀はなめらかな英語で答えた。

「実験が行なわれているかもわたしには答えられませんし、また行なわれているとしても結果については聞いておりません」

「軌道上生体実験かあ」

　チャンは、それが可能なだけの設備を有する低軌道と高軌道の実験施設を数えてみた。月面の観測基地まで勘定に入れるのなら、そして凍らせた生体組織を軌道上で一定期間保持し、解凍して細胞の損傷を遺伝子レベルまで調べるくらいの実験ならば、実行可能な施設は十指に余る。

「問題が遺伝子の損傷だけならば、どこかに完全な遺伝子データベースを作っておき、長期宇宙旅行の場合は定期的な遺伝子チェックを受けて宇宙放射線による損傷を回復するためのデバッグを行なう、なんて回りくどい方法も考えられているようだけどね」

「劉健！　それは部外秘です！」

「まだ概念研究の段階で、しかもぼくが理解できる程度のことじゃ部外秘にはならないだろう。それで、このあとのイベントはどうなってるんだ？」

「現在、熱分布を均一にしながら、体温の上昇を計っています」

　瞑耀は、ディスプレイに目を走らせると、資料もめくらずに答えた。

「細胞を破壊しないようにゆっくりと体温を上昇させるのがこの技術の重要部分だそうで、全体を零下から零度以上に解凍するのがもっともクリティカルな部分だそうです。その後、医療スタッフによる通常の蘇生措置が開始されるのは、予定では明日の正午から、とプレス向けの資料には発表されています」

「明日のお昼？」

眉をひそめて、ジェニファーは自分のロレックスGMTを目の前に持ってきた。

「なのに、今頃からこんなに人が集まってるの？」

「近所でテロか大事故でも起きれば、すぐそっちに移動する奴が半分はいるだろうが、見当違いな時間にマスコミが集まるのはこっちの業界でも珍しいこっちゃあるまい」

腕を組んだデュークがしたり顔でうなずいた。

「ほれ、ミッションでも、いちばんクリティカルな部分よりもそれ以前の打ち上げとか、やっちまった後の記者会見なんかの方が入りはいいだろう」

「入りとかって、そういう問題じゃなくて……」

腕時計の時間と、ディスプレイの映像を見比べて、ジェニファーは首を振った。

「いいわ。デュークの元気そうな顔も見られたし、次に行く」

「次？　社長、うちのミッションと違ってこういう医療関係は手順すっ飛ばせないんですが」

言ったチャンに、ジェニファーはディスプレイの山を指した。

「こっちはうちの仕事じゃないわよ。言ったでしょ、ワシントンの方のスポンサーから呼び出されたって。今から空港行けば今日中に飛べるわね。美紀、チャン、一緒に来てちょうだい」

「……こっちは、今朝までそのワシントンにいたんですが」

なにか釈然としない展開を感じて、チャンは美紀と顔を見合わせた。

「スポンサーの問題って、何が起きたんです?」

「だから、スポンサーの問題よ」

ジェニファーは、興味深げに聞き耳を立てている劉健を睨みつけた。

「スミソニアン協会が、せっかく空の上から苦労して持って降りてきたハッブル望遠鏡の展示ができないかもしれないって言ってきたのよ」


合衆国の政府機関が集中するワシントン市コロンビア直轄区《ディストリクト・オブ・コロンビア》は、北米大陸の東海岸側、ほぼ中央部に位置する。

チェサピーク湾から内陸に約二五キロ、ポトマック川の北岸を中心に、合衆国でももっとも変化の緩やかな都市がある。

高さ一二二メートルの巨大な白亜のオベリスクであるワシントン記念塔《メモリアル》を中心に東に国会議事堂、西に巨大なリンカーンの座像があるリンカーン記念堂《メモリアル》のある幅広いモールに沿って、多数の博物館、美術館が林立している。

一般にはスミソニアン博物館として知られるこれらの建物は、実はスミソニアン協会によって管理される二〇以上もの博物館、美術館群である。そして、年間入場者数トップの座を守り続けているスミソニアン航空宇宙博物館は、そのうちのひとつの施設でしかない。

「変わってないね、ここは」

透明なプラスチックカバーに覆われたアポロ一一号のコマンドモジュールを見て、劉健が感慨深げに言った。最初に月から帰ってきた司令船の向かいには、最初に地上から飛び立った飛行機械であるライトフライヤーのレプリカが飾られている。

「子供のころに来たっきりだったが、あのころのままだ」

懐かしそうに、天井から吊り下げられ、壁にかけられ、また床に設置されている数々のメインホールの展示物を見まわす。

「……前に来た時より、だいぶものが増えているような気はするけど」

「スミソニアン協会は、全米のすべての記念碑的な物体について優先的な購入権を持っているのよ。大昔の発掘された資料やら最新の技術成果やら全部抱え込んでれば、こうなるわ」

ジェニファーは劉健を不穏な視線で睨んでいる。

「しかし、未だに午後五時閉館なのかここは」

すでに、メインホールに観光客の影はあまりない。残り少ないミュージアムショップの客も最後の土産物の購入をしており、ショーケースの一部にはすでに布がかけられはじめている。

「もうすこし営業時間の延長とか考えてもいいんじゃないのか？　博物館といえども集客力

を高めて営業努力しないと、先行き厳しいだろう」

「どうせ入場無料の博物館だもの。有料化の提案を一〇年越しで蹴ってる経営姿勢の方を尊敬するわね、あたしは」

いくら睨みつけても気づかない劉健に、ジェニファーはついに声を上げた。

「だいたいなんで部外者のはずのあんたまでここにいるのよ！　ボストンの病院で凍りついた眠り姫が目を覚ますの見張ってるんじゃなかったの⁉」

「閉館時間です」

どこからともなく寄ってきたがっちりとした黒人の警備員が、一行に告げた。

「明日は、午前九時から開館です」

「ああ、あたしたち、客じゃないの」

ジェニファーはあわてて手を振った。

「スペース・プランニングの、ジェニファー・ブラウンよ。展示担当のドウンバーガーと、ここで五時に待ち合わせしてるんだけれども」

ジェニファーは、こちらに背を向けたままの劉健をさした。

「あちらは、連れじゃないからつまみ出してもらっても結構だけど」

「カイロン物産の劉健だ」

慣れた様子で、劉健は警備員にポケットから取り出したＩＤカードを示した。

「こちらも同じ用件だ。確認してもらってもかまわない」

「嘘よ！」

ジェニファーは思わず声を上げた。

「あなた、ほんとはボストンの病院にいるはずなんでしょ！　なんでワシントンでこの時間に人と会う約束なんかできるのよ！」

「ドウンバーガー主任の担当は、惑星への旅の部屋。そして、カイロン物産は、宇宙望遠鏡と観測学の発展についての展示のスポンサーなんだ」

劉健は、ジェニファーにも自分の顔写真の入っているＩＤカードを示してみせた。

「納得いただけたかい？」

「……いつの間に、どっから手をまわしたのよ」

「前のスポンサーはニュー・フロンティアだった。この国で仕事を続けるには、文化事業に金を出しておいた方が受けもいいってのは昔っからの伝統みたいなもんでね」

「使える機材と施設を漁《あさ》りつくしただけじゃ足りなくて、この国の数少ない文化までぐちゃぐちゃにするつもり？　そのうち人種差別主義者に殺されるわよ」

「ご忠告ありがとう、注意しよう」

トランシーバーでどこかと話していた警備員は、無線通信機を腰に戻した。

「ドウンバーガー主任と連絡がとれました。惑星への旅の部屋へ行っておいてほしいとのことです。場所は、わかりますか?」

「わかるわ。ええと……どこだっけ?」

「前に来た時と変わっていないのなら、西側の隅」

壁際にずらりと並べられていた前世紀の大陸間弾道弾の前でチャンと話し込んでいたはずの美紀が、いつのまにかジェニファーの後ろに戻ってきていた。


航空宇宙博物館の一階西側には、ゴダードの液体燃料ロケット、ナチスドイツのV2号ロケットにはじまる宇宙開発関連の展示物がずらりと並んでいる。

アメリカ最初の宇宙ステーションであるスカイラブの訓練に使われた実物大模型、スペースシャトルの運用開始後最大の事故になったチャレンジャーの爆発事故関連の展示、そして二一世紀に入ってから数々の挑戦と失敗《トライアンドエラー》が繰り返された民間用往還機の模型と資料もある。

第一世代スペースシャトルとして引退したディスカバリーは、それまで展示されていたエンタープライズに代わってダレス空港近郊の航空博物館別館に飾られている。スティーブン・F・ウドヴァーヘイジー・センターという正式名称を知る一般市民の数はごく少なく、ほとんどの場合そこは「新館」あるいは「別館」としか呼ばれない。かつてウドヴァーヘイジー・センターにいたスペースシャトル開発実験機エンタープライズは今はニューヨークで博物館として係留されている空母イントレピッドの飛行甲板に搭載されている。

「社長、次は営業時間に間に合うように来ましょうぜ」

わあわあ言いながら先をいくチャンが、ジェニファーに振り向いた。

「これだけの展示を見もせずに通り抜けろってのは、こっちの業界人には刺激が強すぎます」

「ハードレイクで実物いっぱい見てるじゃない。足りないの？」

「モノが違いますってば。ここに並んでるのは、実際に教科書を作ってきた歴史ですぜ」

「あれは？」

ジェニファーは、月着陸船の手前の入り口に飾られている、ライトを点滅させているスマートな宇宙船の模型を指した。

「あれは、歴史じゃないでしょ？」

「……おお、ＵＳＳエンタープライズ！」

円盤状の第一船体と、翼を拡げた水鳥をモチーフにした第二船体を持つ未来の宇宙船が、惑星への旅とプレートの掲げられた部屋の入り口に飛んでいた。

「それも、テレビ・オリジナル・シリーズの撮影用模型《プロップ》だ。社長、あれは、これからの歴史です。知ってます？　これって、この博物館の中にある唯一の架空のものなんですよ」

「……チャンって……」

美紀は、チャンにおぞましげな視線を向けていた。

「……スタートレック信者《トレッキー》だったんだ」

「合衆国の業界関係者は六割がトレッキーで、残り三割がオタクだって言う話だぜ」

「あたしトレッキーじゃないもん」

美紀はぷいっと目をそらした。

「あ、そうか、美紀の国の業界関係者は九割がオタクなんだっけ」

「それも違う！　いい加減な統計使わないで！」

「トレッキーとオタクって違うの？」

ジェニファーに訊かれた劉健は首を傾げた。

「なにか複雑な確執があるようだが」

「残り一割はなんなのよ」

「ああ、それは趣味も持てない能無しです。そうそう、この部屋、昔来た時にも改装中で入れなかったんだ」

入り口の宇宙巡洋艦には灯が入ってぴかぴかライトを点滅させているものの、入り口には改装中を示す看板が立てられ、テープで区切られ、一般客は中に入れないようになっている。

「とはいえ、有名どころの衛星はヴォイジャーもスプートニクもホールにあったから、ここにあるのは……」

改装中とはいえ、展示室内の照明は点灯中で、いくつかの展示物を入り口から覗くことができた。

「おお、バイキング、ガリレオに、向こうにあるのはニュー・ホライズンズ！　さすが、スミソニアンまで来ると、きれいに保存してあるなあ」

　ふと気がついて、チャンはジェニファーに向き直った。

「あの、持ってきたハッブル飾る予定だった展示室って……」

「ここよ」

　ジェニファーはひとけのない博物館内を見まわした。

「火星着陸船と宇宙望遠鏡をメインに、最新の観測成果と来たるべき未来予測を展示するって話だったけど、今から展示室閉めちゃうってのもあいかわらずなスケジュールねえ」

「あと四週間で展示予定だったのよ」

　いつのまにかジェニファーの背後に長身のブロンド女性が立っていた。反射的に飛びのいたジェニファーが身構える。

「ネットや活字に予告も流れているのに、今頃になって納得できるような理由なしに展示禁止って言われても、ねえ……」

「予告もなしにバックを取るなって言ってるでしょうが！」

「あーら、過ぎし日のマンハッタンではずっと仲良く同じ屋根の下に暮らしてたってのに、冷たいじゃない」

　白衣にエナジードリンクの小瓶をくわえた美女は、ジェニファーに親しげに笑いかけた。

「元気だったジェニー？　一人で淋しくない？」

「淋しくない！　誤解を招くような発言するな！」

「あーら誤解だなんて」

口もとの小瓶を取ったブロンドは、にやにやしながらことの成り行きを見ている劉健に気がついた。

「まあお久しぶり、いつの間により戻しちゃったのかしら、残念」

「戻してない！」

「結婚式以来ですな、ミズ・セーラ・ドウンバーガー。あれっきりお会いする機会がなくて、いやお久しぶりに会えて嬉しい」

「だから、気をつけないと失敗するって言ったでしょ」

セーラ・ドウンバーガーは劉健に握手を返した。

「あの意地っ張りとケンカしたら最後だって忠告してあげたのに」

「何事も思い通りにはいかないもので」

「そちらの二人が、スペース・プランニングのアストロノートとアストロノーティカね」

小瓶を手にしたまま、セーラは何が起きたのかよく理解できていない美紀とチャンに笑いかけた。

「ハッブル宇宙望遠鏡の回収作業は見事でした。地上から拝見させていただいたわ。わたしは、セーラ・ドウンバーガー。ここでワルガキ相手の見世物作る仕事してます」

「チャーリー・チャンです」

「羽山《はやま》美紀、です……ええと」

美紀は、社長と白衣の長身の女性を見比べた。スタイルのよいジェニファーよりもさらに背が高い。

「どういう関係かっていうとね」

まるで美紀の疑問をテレパシーで感じたように、小瓶に口をつけたセーラは、ジェニファーに情熱的な視線を向けた。

「学生時代、ルームメイトだったのよ」

「はあ……」

「なんか、社長の昔の知り合いによく会う日らしいな、今日は」

「先に仕事を済ませましょう！」

ことさら事務的に、ジェニファーはきっぱりと宣言した。

「あたしも、うちの飛行士も、のんびり博物館観光してられる身分じゃないの」

「いい意見ね。旧交を温めるのは後からでもゆっくりできるから」

「やめなさいっつってるでしょ！」

「来て。状況を説明するから」

改装中、立ち入り禁止、と書かれている看板の横のテープをひょいと持ち上げて、セーラがエンタープライズの掲げられている展示室に入った。

「この部屋の天井から、持って帰ってきてもらったハッブルを吊り下げるつもりだったの。バイキング着陸機《ランダー》の代わりにソジャーナ、部屋の真ん中にはマーシャル宇宙センターから廻してもらった有人火星航海船《セイラー・マーズ》の火星探検車《マーズ・ローバー》を置いて、内部を開放するつもりだった」

ジェニファーはもっともらしい顔でセーラの説明を聞いている。

「だって、全部の情報はとっくに公開されてるじゃない。そりゃ、いくつか企業秘密に触れるところはあるかもしれないけど、だからって展示中止を命じられるような問題だとは思えないけど？」

「誰だってそう思うわよ。最初にボスから展示中止の話があるって伝えられた時だって、そのボスがそもそもあんまりそれを信じてなかったんだから」

「……それじゃ、スミソニアン協会が言ってきたことじゃないの？」

「協会が学芸員《キュレーター》の方針にいちいち口出しするわけないじゃない」

「それじゃあ、また在郷軍人会か全米ライフル協会？」

ジェニファーは妙な顔をした。

「おかしいじゃない、両方ともこんな展示に反対するどころか、興味だって持つとは思えないけど？」

「相手が市民団体ならまだやりようがあるわよ。あたしのボスと共同捜査して、どうやら協会と全然関係ないところから出てきた指示らしいところまでは突き止めたけど、そこから先、抗議文書の提出先も、展示内容の変更交渉もできやしない」

「どこからの指示かもわからないなんて、そんなことあるの？」

「ここをどこだと思ってるの？」

セーラは、自分がいる土地そのものを示すように大袈裟に両手を拡げてみせた。

「ワシントンよ。この一世紀、合衆国全部と、世界の半分を直接操《ダイレクト・コントロールし》ってるところよ。相手にそうと知らせずに自分の権力を行使するって程度のことができる悪役なら、わざわざホワイトハウスに出掛けていかなくったってそこらへんにいくらでもいるんだから」

「……まさか、ホワイトハウスが言ってきたの？」

セーラは肩をすくめて首を振った。

「違うわ。ありったけのコネと、情報屋と、それからスミソニアンの非常予算まで使ったんだけど、なんとか出どころがわかっただけ」

「どこよ？　中央情報局？　国務省？」

「川向こうの巨大五角形《ペンタゴン》」

「………」

ジェニファーは、思わず隣にいた劉健と顔を見合わせてしまった。

「国防総省《ペンタゴン》から……?」

ちらりとポトマック川の方向を睨みつけて、セーラはうなずいた。

「だからあなたに来てもらったのよ。あなた、たしか国防総省の宇宙関係に強力なコネがあったでしょう」

「……強力なコネ?」

はてなんのことやら、とジェニファーは首を傾げた。

「そんなものがあったら、もう少しあたしも仕事楽にやってると思うけどなあ」

「あーっもうじれったいわね!」

セーラはジェニファーを睨みつけた。

「あなたのお父さまの古いご友人で、黒幕やったり悪巧みしたりするのが好きなダンディーなおじさま! 合衆国宇宙軍将軍、ノーマン・デイトン!」

「ああ、デイトン将軍!」

ジェニファーはぽんっと手を打った。

「強力なコネなんていうから、誰のことかと思うじゃない。ちょっと待ってね、電話してみる……」

ジェニファーは、自分のハンドバッグの底から携帯端末を取り出した。何度かつついてから、公衆電話を探すようにあたりを見まわす。

劉健が、自分の携帯端末をジェニファーにさし出した。

「今度はどうしたんだい？　壊れてるのかい？」

「電池が切れてるだけよ。借りるわね」

劉健の携帯端末に指を滑らせて、ジェニファーはうろ覚えの電話番号をプッシュした。

「はい、あたし、ジェニファー・ブラウンと申しますが……」

しばらく携帯端末を耳にあてていたジェニファーは、申しわけなさそうな顔で一同を見まわした。

「国防総省の本日の営業は、終了しましたって」

STAGE2　ロスト・サテライト

アメリカ大陸の東海岸と西海岸では三時間もの時差がある。

ワシントンの官公庁が営業を終了する午後五時は、カリフォルニアでは午後二時、ハードレイクに働く労働者の栄養補給を一手に引き受けるアメリアズのランチセットを片付けたスタッフが、コーヒーやら紅茶やら、はたまたソフトドリンクや低アルコール飲料などで午後の仕事に向けて英気を養っている時間である。

「静かだ……」

ミス・モレタニアご自慢のイングリッシュ・ブレックファースト・ティーのカップからたちのぼる湯気をふーっと吹き飛ばして、マリオは悠然とつぶやいた。

「こんな静かな午後、何年ぶりだろう……」

本日ただいま現在、スペース・プランニングが直接進行中のミッションはない。厳密に言えば、ラグランジュ・ポイントにまだ安定していないヨーコ・エレノア彗星で水資源プラントが建設中だが、そのミッションに直接参加しているスタッフはいない。

次の軌道上ミッションの準備はあるものの、スペース・プランニングは差し迫った厄介事がない、長閑《のどか》な午後を迎えていた。

「社長もパイロットもいないものね」

スペース・プランニングの経理事務を一手に引き受けるミス・モレタニアも、自分のカップでお茶の香りを楽しんでいる。

「E号機はまだワシントンから帰ってないし、なにより社長がいないから飛び込みの仕事を投げ入れてくる心配もない。前期の帳簿もまとめたし、今日の午後は久しぶりにのんびり過ごせるわ」

「今のうちのんびりしておきなさい」

整備場から、液体ロケットのタービンポンプらしい部品を持ってきたヴィクターが二人しかいなかったオフィスのドアを閉じた。

「この業界じゃあ、最悪の事態っていうのは、平和な日のゆっくりできる午後に起きるって決まってるんだから」

「……不吉なこと言わないでください」

マリオは不服そうに声をあげた。自分のデスクに精密部品を置いたヴィクターが来る。

「あら、なんか予感でもあるの？」

「心当たりならいくらでも。完全に動いてるはずのどっかの放送衛星が突然、毒電波垂れ流しはじめるとか、順調に動いてるはずのコンピュータが突然凍りつくとか、訳のわかんない奴が突然襲撃しかけてくるとか、非常事態なんていくらでも思いつきます」

「口にしないほうがいいわよ」

お手製のスコーンを摘みながら、モレタニアが言った。

「言葉には魂があるからね。黙っていればよかったものをうっかり口に出したばっかりにそれが現実化するって、よくあることだから……」

たたたたっと勢いよくオフィスの階段を駆け上がってくる足音に気がついて、マリオは思わず自分の口を押さえた。

「しまった……」

「あら、お客さんかしら?」

モレタニアがドアに目をやる。

「お茶、もう一人分ね」

「こんにちわー!」

元気のいい挨拶とともに、ジェット《J》推進《P》研究所《L》最年少のドクターがスペース・プランニングのオフィスに飛び込んできた。

「このやろ……」

頭痛を感じて、カップをテーブルに置いたマリオはこめかみを押さえた。

「あれ、今日は空いてるんですね？」

「いらっしゃい」

モレタニアがテーブルから立ち上がる。

「ちょうどお茶が入ったところよ。飲む？」

「あ、いただきます。よかった、砂漠の中走ってきたところだから、干からびちゃうかと思った」

「……少なくともスペース・プランニングの半径五マイルからは、ぼくの平和な午後は去っちまったらしいな」

つぶやいて、マリオはスウに顔をあげた。

「てめえ！　今回はいったいどうやってハードレイクに来やがった！　三時間前にフェデックスの輸送機がサンノゼから中継していっただけで、今日はＬＡから便乗できるようなフライトはねえぞ！」

「そおなのよ」

ソファに腰を下ろして息を切らしながら、スウはぱたぱたと手のひらで自分の顔をあおいだ。アメリカ人にあるまじきことに、スウは今に到るまで自動車の免許を取っていない。

「社長もいないし、ここに来る飛行機も見つからなかったし、しかたないからグレイハウンドのバス使っちゃった」

当然のことながら、スウがハードレイクに来る方法は限られる。熱心に情報収集していれば、ロサンゼルス周辺の空港からハードレイクに飛ぶ飛行機は珍しくないから、それに便乗するか、スペース・プランニング及びその関係者が市内から自動車で移動する時に乗せてもらうか。モハビ砂漠のはずれにあるハードレイクを連絡する、公共の交通機関はない。

「グレイハウンドのバスだと」

アメリカ大陸中を結ぶ長距離バスは、航空業界相手に戦い続け、その低料金を武器に未だに生き残っていた。ただし、料金が低いだけに、整備状況もよくないし客層も悪い。

「ばかいえ、マウンテンパスのラスベガス行き使ったのか！」

フリーウェイ一五号線、通称、マウンテンパスを通ってロサンゼルスと賭博都市ラスベガスを結ぶグレイハウンドのバス路線は、ギャンブラー向けの破産最終ルートとして有名である。しかも、ハードレイクはルート一五からはかなり離れている。

「途中で下ろしてもらって、あとは自転車。運動不足かしら、二時間走っただけでもうくらくらしてるわ」

「運動不足は否定せんが、それ以前に脱水症状とか、熱中症とか大丈夫なのか？」

「それは大丈夫、スポーツドリンク空にしてきたから」

スウは、どこかから取り出した水筒をからからと振ってみせた。それから、両手を胸の前で組み合わせてマリオに情熱的な視線を向ける。

「あたしのこと、心配してくれてるの？」

「だからそれはやめろ」

「はい、お茶が入ったわよ」

モレタニアは、マイセンのソーサーに載せたティーカップをスウの前のテーブルに置いた。

「熱いから気をつけてね」

「ありがとうございまーす」

「どうぞごゆっくり。さーて、お仕事お仕事」

「あ、逃げた……」

デスクに戻ったミス・モレタニアは、ちゃかちゃかとリズミカルにタイプライターを打ちはじめた。こちらも自分のデスクについたヴィクターは、目の前の部品をためつすがめつしている。

「それで？」

気を落ちつけるためにも紅茶に口をつけて、マリオはカップをソーサーに置いた。

「今日はどんな厄介《やっかい》事を持ってきたんだ」

「あら、そんな。あたしが今まで厄介事しかここに持ってきてないみたいな言い方ね」

「仕事に戻っていいかな」

マリオは、自分の仕事場である電子の要塞にちらりと目を走らせた。

「この前の仕事のステータスレポートと、次のミッションの軌道合わせが重なってるんだ。見てのとおりの弱小会社なんで、のんびりゆっくり相手してる時間はないんだが」

「せめて、お茶くらい付き合ってくれないの？」

「その気はない」

すがるようなスウの視線を振りほどいて、マリオはくるりと車椅子を廻した。

「暇じゃないんだ、お遊びなら外でやってくれ」

「はるばる一〇〇マイルも彼方からバスと自転車乗り継いできたのに、ずいぶん冷たいんじゃない？」

マリオは、すーっと動いていた車椅子をぴたりと停めた。

「……用件なら手短に済ませてくれ」

「もう少しもったいぶらせてくれたっていいじゃないの」

ソファから立ち上がったスウが、マリオの後ろに立った。

「じゃーん」

「……なんだこれは」

マリオは目の前にさし出されたメモリーカードを、胡散くさそうな目で見た。

「今度はどんなろくでもないもの拾ってきた？」

「失われた衛星《ロスト・サテライト》よ。聞いたことあるでしょ？」

「……なに?」

マリオはさらに胡散くさそうな目をスウに向けた。

「それは計画されたけれども飛ばなかった衛星のことか、それとも飛んだけど行方不明になった衛星のことか?」

マリオは車椅子のリムに手をかけて動き出した。

「だいたい天下のジェット推進研究所の博士さまが、なんでわざわざ、そんなあやしげなネタこんなところに持ち込んでくる。それは研究室としての正式なプロジェクトなのか?」

「飛んだけど行方不明になったり、寿命が尽きて廃棄されたり、原因不明で壊れちゃったとか、実際に飛んでるはずなのに失くなったことになってる衛星のことよ。正式なプロジェクトだったら……」

スウは、タイプライターを打っているモレタニアや、複雑な機械部品を前に難しいため息をついているヴィクターの方をちらっと見て、動き出したマリオの耳元に口をよせた。

「だったら、わざわざこんなところに出掛けてきて、あなたなんかに相談しないわ」

「言っとくが、違法行為だったら他に持ってってくれ。お天道《てんと》さまに顔向けできないような仕事に手を出すなって、社長の厳命があるんだ」

「……興味ない?」

スウはくるくるとメモリーカードを廻してみせる。

「計画だけで中止になったり、打ち上げられたのに墜ちちゃったりした衛星じゃなくて、この中に入ってるデータは確実に飛んでる探査機《プローブ》のコマンドデータばっかりよ。ヴォイジャーから耐用年数切れの軍事偵察衛星《キイ・ホール》、最新のビッグアイまで、よりどりみどり使い放題」

「違法行為だ」

車椅子を停車させて、マリオはきっぱりと断言した。

「だいたい軍事衛星なんぞに手を出してみろ、あっという間に黒づくめの男《メン・イン・ブラック》が来てさらわれて、訳のわからない機械埋め込まれるうえに一生ストーカーのおまけがついてくるんだぞ」

「それ軍事衛星じゃない」

「違ったっけ?」

「大丈夫、あたしたちが相手にするのは実在しない衛星だもの」

「あたしたち? なぜ複数形?」

「帳簿上も現実にも存在してない衛星相手なら、どこの誰がなにしようと誰も文句言えないはずよ。だって、相手はそこにいないことになってるんですもの」

「この業界で、一体、何人のデイドリームビリーバーが虹の根元を目指して消えていったことか……」

マリオは大袈裟なため息をついた。

「帰れないあっちに行っちゃった奴も多いっつうのに。言っとくが、ここは現実の物理法則と金勘定相手のシビアな職場だ。夢物語なら、ハリウッドかディズニーランドに行ってやってくれ」

「地球型惑星発見衛星」

「……なんだって？」

マリオはしげしげとスウの顔を見直した。スウは、もう一度繰り返した。

「地球型惑星発見衛星」

一語ずつはっきり発音してみせる。

「少しは興味もてた？」

「ナンセンスだ」

マリオは即座に首を振った。

「非合理的だ。不経済だ。そんな単一の目標を見つけるためだけの衛星だなんて、効率が悪すぎる。だいたい太陽系外の地球型惑星なんて、ガス状大型惑星《ガス・ジャイアント》だって映像撮るのに苦労してるのに、それよりずっと小さな岩石惑星なんぞどうやって見つけるつもりだ！」

「非合理的？　不経済かしら？　いくらお金がかかったって、青い惑星《ほし》ひとつ見つけられれば盛大なお祭りやっても充分おつりが来ると思うけど」

胸を抱いたスウは、口元に手を当てて考え込んだ。マリオは、そんな姿勢をとる時のスウがすでにこの問題を充分に考察しているのを知っていた。

「これって、天文学が経済に影響を与える初めてのケースなんじゃないの？　あ、もちろん、彗星衝突とか小惑星接近とか、よくある天文パニックは別の話にしてね」

「本気かよ……」

　車椅子を廻して、コンソールに背を向けたマリオは頭を抱えた。

「だいたい、そんな影響のでかい話なら、わざわざこんな砂漠の果ての弱小企業に持ってこないでも、ジェット推進研究所《ＪＰＬ》なら深宇宙《ディープスペース》ネットワークでも北米防空司令部《ＮＯＲＡＤ》の小惑星監視《アース・ガード》システムでも使い放題だろうが！」

「正式なプロジェクトじゃないって言ったでしょ、最初に。実在しないはずの探査衛星にコマンド飛ばしてデータ取るなんて、いったいどうやって実施申請出して、どうやったら許可が出ると思うの？」

「ＪＰＬでもできないものが、どうやったらここでできると思えるんだよ」

「あなただったら、いくらでもズルする方法知ってるでしょ？」

「ズルって言うな！　……つまりなにか？　ここから、このカリフォルニアの片田舎から、どこでふらふらしてるのかもわからない衛星にコマンド送って、観測データを受け取れと、そういうことか？」

　スウはにっこり笑ってうなずいた。

「あなたならわかってくれると思ってた」

「理解するのとやるのとは別の問題だ！　……ロスト・サテライトのコマンドソースと周波数だと？」

マリオは、着々と相手の術中にはまっていくのを感じながら、スウの手からデータカードを受け取った。

「ヴィクター！　ちょっとすいません！」

「なあに？」

ついに液体水素用のタービンブレードを前にマニキュアなんか塗りはじめたヴィクターが、顔も上げずに返事をした。

「ええと、折り入って相談が……」

「あら？」

しゃーっという音とともに、車椅子ごとマリオがオフィスを滑ってきた。後から、スウが小走りに駆けてくる。

「どうしたの、お揃いで？」

「お揃いって言わないでください！　あの、新築の三四メートルディッシュ、スケジュール空いてます？」

「パラボラアンテナ？　ちょっと待ってね、大佐《おおさ》のところが追跡《トラッキング》に使うって言ってたけど……」

衛星間通信どころか惑星間通信にも使える大型の三四メートルパラボラアンテナは、ヨーコ・エレノア彗星が地球周回軌道に乗るのと前後して建設が開始された。それまでハードレイクには、航空管制用の各種アンテナ以外には、通信衛星との中継用の旧式なパラボラアンテナ、それも近所のスクラップ屋と空軍基地の払い下げを有志一同が寄せ集めて、最低限の性能保障もなしにでっち上げた通信システムしかなかったのである。

もとより、地球周回軌道上を高速で移動する宇宙船相手の通信には、地上一カ所だけの通信ステーションでは役に立たない。民間宇宙船が使える軌道通信システムは、月、ラグランジュ・ポイントの圏内ならば整備されており、スペース・プランニングもオービタルコマンドも宇宙機との通信にはこれを使っている。

しかし、名目上とはいえヨーコ・エレノア彗星の所有権を持つスペース・プランニングが自前の通信システムもなく、また水資源採掘のための彗星基地が完成すれば中継衛星が届かない遠距離通信も増えることが予想されるため、深宇宙《ディープスペース》とも交信できる大型パラボラアンテナの建設が決定された。建設諸費用はスペース・プランニングを筆頭に関係各社持ち、運用維持はハードレイク空港とオービタルコマンドの共同、しかしながら今のところオービタルコマンドにもスペース・プランニングにも深宇宙ミッションの予定はないため、可視範囲にいる宇宙船との直接交信にしか使われていない。

建設時にジェニファーが主張した高速ドライブシステムが威力を発揮し、低軌道を高速で通過する宇宙船相手でも余裕を持って追跡できる。また、これもジェニファーの主張で最大限に強力な発振システムを持つため、外宇宙を飛行中の宇宙船相手でも通信できる、という触れ込みだが、もちろん今までに実用に使われたことはない。

「ええと、なんに使うって言ってたんだっけ？」

マニキュアの刷毛《はけ》を指先につまんだまま、ヴィクターはモレタニアに声をかけた。

「大佐、お皿、なんに使うって言ってた？」

「ご自慢の戦闘機のオーバーホールが終わったんで、最高速テストのデータ追跡《トラッキング》に使うそうです」

「深宇宙用のお皿で、戦闘機追っかけるとは豪勢だわね」

どこかから、雷鳴のような轟きが聞こえてきた。航空機による超音速衝撃波は、近所に米空軍やNASAの実験基地がある、ここモハビ砂漠では珍しくもない。

「どうやら超音速飛行には成功したようで……」

「大変よねあそこも。社長の趣味とはいえ、ロシア製のターボファンなんか整備させられるんだから」

ふーっと爪先を吹く。

「意外と頑丈にできてるんで、手がかからないって聞きましたが。しかし、わざわざ超音速飛行の追跡させるなんて、本気でうちのディッシュで弾道ミサイルの迎撃させるつもりかな？」

「どっかと戦争する予定でもあるの？」

　真顔のスウに訊かれて、マリオはヴィクターと顔を見合わせた。

「……実は来週、火星人が宣戦布告してくる」

「いつだって戦争みたいなものよ、ここは」

　ヴィクターは、スウにため息混じりの微笑を向けた。

「人だって死ぬんだから」

　反射的に身を引いて目をぱちくりさせたスウは、ぷーっと口を尖らせた。

「なにそれ、笑えない……」

　肩をすくめて、ヴィクターはマニキュアの瓶を閉じた。

「それで、あなたたちはお皿使って何するの？　火星人の円盤でも探すつもり？」

「そんな、週末の夜になったらどこの深夜チャンネルにでも出てくるようなものじゃありません。もっと大穴狙いです」

「……いいけど、大穴って、はずしても大きいわよ。気をつけなさい」

「オービタルコマンドの後の使用予定は？」

　いつの間にかミス・モレタニアのデスクに移動していたマリオが、あれこれ訊いている。

「うちの使用予定は入ってないけど、一体なんに使うつもり？」

モレタニアは、ファイルをめくって三四メートルパラボラアンテナの使用予定を確認している。

「社長ったら、先にあんなもん建設しちゃって、発電設備の増強まだやってないから、うっかり使うとまたハードレイク全部を停電させちゃうわよ」

「えーと、使うのはできれば受信専門で、送信の方は他からやらせようと思ってるんですが」

「ならいいけど、なにするつもり？」

「しばらく使ってない衛星の作動チェックです。ちょいと弾《はじ》いて、反応見るだけですから」

「どの衛星？」

「えー、それはこれからの検討事項です。んじゃ、これからすぐに検討しますんで」

「あんまり余分な経費使わせるんじゃないわよ」

「努力しまーす」

車椅子の音も軽やかにさっさと電子の要塞に戻ったマリオは、スロットにスウが持ってきたメモリーカードを放り込んだ。使っていなかった液晶ディスプレイの一つのスイッチを入れ、メモリの中味を表示させる。

「なんだこりゃ。どっかからジャンクデータ拾ってきたのかと思ったら、ＪＰＬの正式なオープニングが入ってるじゃないか」

マリオは、戻ってきたスウに顔を上げた。

「どっからこんなもん持ってきた？」

「聞かない方が、いざって時に罪が重くならなくていいと思うけど」

うふふ、かなんか謎めいて笑ってみせるスウを、マリオは胡散くさそうな顔で睨みつけた。

「……いざって時のために、今の発言記録しといていいか？」

「あーら、あたしがあなたのこと裏切るわけないじゃない」

「真っ先に切り捨てて逃げるね」

オープニングをカットして、マリオは記録の内容を表示するリストを呼び出した。

「……なんだこりゃ」

ずらりと、見覚えのあるものから聞いたこともないものまで、どうやら探査衛星の名前らしいものが並んだ。新世代のヴォイジャー・シリーズに移行する前のディープ・スペース、なぜか成功率の低い火星行き探査機、木星軌道を過ぎる辺りで連絡がとれなくなった二代目のニュー・ホライズンズ、観測を終えたはずのユーロパ・パスファインダーや、リストの終わりには電池切れで運用を終了したはずの旧世代のヴォイジャーに、とっくに冥王星軌道を越えたはずのパイオニアまで載っている。

「ホントかよ……」

亡霊のリストのような名前を見て、マリオはスウに顔を上げた。

「これ全部、作動確認してあるのか？」

「あるわけないでしょ。確実に生きてるんなら、こんなリストに載るもんですか」

「そりゃそうだ。しかし……」

さすがに低軌道に乗っている衛星は少ない。低軌道では、長い年月のあいだに微かな空気抵抗が積み重なって軌道速度を殺していくから、数年単位で大気圏に突入して衛星が燃え尽きてしまう。

高軌道に乗せられた衛星は、数百年から、軌道高度によっては一〇〇万年以上の寿命を保つ。人が作る機械が一切の整備や補給を受けられない場合、衛星の寿命は機械的故障だけでなく、推進剤の枯渇、電力供給の低下などによっても決まる。

高軌道、あるいは地球から離れる惑星軌道に乗った宇宙機は、宇宙塵や小惑星などと衝突でもしない限り、ほぼ永遠にその形を保ち続ける。太陽電池の発生電力があてにならないほど遠くを目指すものも珍しくないから、放射性物質の崩壊を熱源とする核電池をエネルギー源としているものがほとんどである。

「それで、問題のその地球型惑星発見衛星ってのは、このリストのどこに一体いるんだ?」

マリオは、探査衛星の一つごとに添付されているデータを呼び出してみた。打ち上げ日時、場所、運用宇宙機関、宇宙物体の登録に使われる国際標識番号などの詳細なデータが並んでいる。

「そんなもの、どこのどいつが一体いつの間に打ち上げたんだ?」

「いつの間にってのは、あたしも知らない」

勝手に無線接続のインターフェイスユニットの一つを取り上げたスウが、ディスプレイの中のデータを操作しはじめる。

「どこからって、ケープか、ヴァンデンバーグのどっちかだと思うけど、多分ケネディじゃないのかなあ、何回かに分けて」

「両方とも空軍基地だぞ」

「んでね、わかりやすいのはこれ、国際標識番号ついてないの」

「なに？」

マリオは思わずディスプレイ上のデータを見直した。

「あからさまにヤバもんじゃないか」

宇宙空間を飛ぶ物体は、自然物、人工物にかかわらずすべて国際標識番号がつけられる。自然物なら発見されると同時に、人工物なら軌道に乗ったことが確認されると同時に、国際天文学連合により国際標識番号が順番に発行される。

ただし、なにごとにも例外は存在する。通常の偵察衛星や軍事衛星ならば、形式にしたがった国際標識番号がつくが、軍がその存在すら秘匿《ひとく》したい機密衛星の場合、様々な手段を講じて国際標識番号の発行を逃れるのである。

偵察衛星や実験衛星に見せかけた衛星破壊兵器、あるいは軌道上で待機できる弾道兵器など、その事情はさまざまだが、宇宙条約に背いてまでその存在を秘匿するものは、おおむね非常識的な軍事兵器と思って間違いはない。

「少しは、信憑性《しんぴようせい》出てきたでしょ？」

「実際に飛んでなければ、ナンバーも発行されようがないんだ。そうすると、幽霊を狩るんなら、この中からまず国際標識番号が発行されなかった宇宙物体を探す、と」

リストに表示される対象が一気に少なくなった。表示されている名前も、見覚えのない素っ気ないアルファベットの略号が多い。

「大丈夫かよ、この１７０１ＤとかＸＬ５とか、実在してるのか？」

「さあ？　確認してないけど、このリストに載ってるくらいだから、呼びかけても返事してくれない可能性の方が高いと思うけど」

「はあ……」

正式には存在しないことになっている探査機や衛星が大部分だから、耳に馴染んだニックネームや形式名は見られない。

「で、どいつに粉かければ応えてくれるのか、わかってんだろうな」

正規の衛星ならば、データのすべての欄が埋められているから、たとえ名前がわかっていなくても使用目的を割り出すことができる。

「わかってるわ」

アルファベット順に並べられた略号の中から、スウは素っ気ない三文字の略号で表示された衛星をディスプレイに呼び出した。

「これよ」

「TPF?」

マリオは、付随データを呼び出した。

「んん? こりゃ、衛星一つのデータじゃないぜ?」

衛星のメーカーと発注主は略号で示されている。そっけないアルファベットの組み合わせは、しかしこの業界にいるマリオには見慣れたものだった。

「筐体《きょうたい》はロッキード・マーチン、発注主は国防総省と来たもんだ。しかもひとつじゃない、ええと、ざっと半ダースってところか?」

マリオは、空欄が目立つデータをスクロールさせていく。

「あからさまどころじゃない、完っ璧な軍用だ。こりゃうっかり手を出すと、間違いなく黒づくめの怖いおっさんが現れるぞ」

「地球型惑星発見衛星《テレストリアル・プラネット・ファインダー》よ」

マリオの顔を覗き込んで、スウはにっこりと微笑んだ。

「相手がなんだろうと、それだけの手間をかける価値がある……あたしは、そう信じてる」

笑み一つ浮かべずに、マリオはスウの目を見返した。

「それじゃ、なんでパサディナでやらない？　それだけの価値がある仕事、わざわざモハビ砂漠のはずれにまで持ってくる必要はないだろう？」

スウの顔から笑みが消えた。黒目がちの大きな瞳が、じっとマリオを見つめる。

「あたしじゃできない」

スウはわずかに首を振った。

「このデータ、あたしも見たもの。相手が国防総省直轄、たぶん宇宙軍の最高機密下にある重要物件だってことくらい、ＪＰＬで仕事してれば誰だってわかるわ。たぶん、このデータを見るだけでも犯罪なのよ」

「……だから、どうしてそうゆーデータ平気な顔してこんなところに持ち込むかなあ」

軽くこめかみを押さえてから、マリオははっと気がついてスウの前から車椅子をステップバックさせた。

デスクで燃料配管バルブを前にしているヴィクターも伝票を作っているモレタニアも、こちらの話に興味を持っている気配は見えない。マリオは、妙な顔をしているスウの前に戻った。

「それともうひとつ、そういうヤバい話はもっと小さい声でやれ。秘密ってのは、関わる人間が多くなるほどばれやすくなるんだ」

「……ごめんなさい」

スウは目を伏せた。妙に素直な反応に、マリオは首を傾げた。

「んで、こいつはどこにいるんだ？」

マリオは、軌道要素のデータを見た。

軌道のどこを飛んでいるのかもわからない衛星に指令を送るためには、衛星の厳密な現在位置のデータが必要である。一度に多量のコマンドを送り、データを受け取るために、使われる電送波の周波数は高くなる一方であり、そのためにコマンドを送るレーダーの照準精度もシビアになっている。

具体的には、半値幅――送信・受信効率が、最適角度からどれだけずれると最高値の半分になるか――が五分（一度の六〇分の五）というのが、現在衛星通信に普通に使われる電波を使う時の要求精度であり、ものによってはそれよりシビアな照準を求められる。

すべての衛星は宇宙空間を超高速で飛行しており、地上から見た飛行速度も非常に高い。そのため、コマンド送り、あるいはデータ受信のためには、それに使われるアンテナシステムを高精度で制御し続けて、超高速で飛行する衛星を追跡し続ける必要がある。

例外は静止衛星で、このタイプの衛星に限り、地球の自転も相手の軌道速度も計算する必要なく、宙の一点にアンテナを向け続けていれば用は済む。

しかし、高度三万六〇〇〇キロ、一周が二七万キロの静止軌道は有限の通信資源としてそのすべてが押さえられており、ここに機密衛星を運用維持することは難しい。

「この軌道要素、カルテシアンじゃないか」

味もそっけもない三軸のベクトル座標を示す六つの数字を見て、マリオはぶつぶつと文句を言った。

「言ったでしょ、JPLの衛星じゃないって」

衛星が飛ぶ軌道を示す六要素の表示には、二通りの表示法がある。

軌道上の衛星の現在位置と速度を三軸のベクトルで表示するカルテシアンと、衛星の軌道長半径、離心率、傾斜角、昇交点赤経、近地点離角、近地点引数で示すケプラリアンである。

カルテシアンも、位置、速度についてそれぞれ三軸の座標を表示するので、六つの要素を表示することにかわりはない。そして、JPLでは伝統的にケプラリアン表示が使われていた。

「カルテシアンだと、惑星《ほし》に対する衛星の軌道をイメージしにくいから嫌いなんだよ」

ぶつくさ文句を言いながら、マリオは表示された軌道六要素を使い慣れているケプラリアンに変換した。即座に、新しい軌道六要素の数字が表示される。

「……なに？」

最初に表示された軌道長半径のあまりの桁の多さに、マリオは思わずディスプレイの表示をチェックした。気がつかないうちにキロメートル表示が他の単位系に切り換えられたり、あるいは桁数の表示を間違えたのかと思ったのだが、そうではないらしい。

「……なんだよこれ」

マリオは、ディスプレイを覗き込んでいるスウを横から睨みつけた。

「軌道長半径、七億キロって出てるぞ。どういうこったこれは。地球の重力圏どころか、火星の三倍も遠いじゃねえか！」

「やっぱり……」

ディスプレイ上の軌道六要素を考えていたスウが、うれしそうにマリオを見た。

「間違いないわ、これ本物よ！」

「なにが。お前、ガセかマジものかもわからねえでデータ持ち出してきてたのか⁉」

「ＴＰＦは、太陽輻射の影響を避けるために、可能な限り太陽から離れたところに設置する予定だった。現在位置計算してみて。たぶん木星の反対側にいるんじゃないかしら？」

「木星軌道？　しかも、木星の反対側だと？」

ぶつくさ文句を言いながら、マリオはデータを変換した。

「一体、どうやって軌道安定させてやがるんだ。それ以前に、んな遠くの衛星をどうやって定常運用してるんだ」

「わかってるとは思うけど」

スウはマリオの手元を見ている。

「いつもの地球周回軌道じゃないわよ。軌道長半径も離心率も、太陽中心の公転軌道よ。地球周回軌道のつもりでこんな数字入れても、まともな軌道図出てこないわよ」

「……わかってるわい！」

マリオは、ヨーコ・エレノア彗星への長距離飛行ミッションのときのチャートを呼び出した。今のところ、スペース・プランニングの宇宙船が地球重力圏を離れたのは、これが唯一の例である。

前例のない長距離飛行のため、マリオはありとあらゆる予想しうるデータをぶち込んだ太陽系航法チャートを作っていた。作りはじめたころは、将来的な惑星間飛行ミッションにまで対応できるものを完成させるつもりだったのだが、飛行開始後にも修正しなければならない問題が頻出し、結局、究極のチャートは未完成のままである。

「……出たぜ」

あちこちパラメーターをいじって、結局、一辺一八億キロのスケールまで軌道相関図を拡大して、マリオはディスプレイに太陽系の軌道図を表示した。木星の平均軌道半径は七億八〇〇〇万キロ。ここまで軌道図を拡大すると軌道半径二億二〇〇〇万キロの火星、一億五〇〇〇万キロの地球の公転軌道などは内側にちまっと固まってしまう。

「太陽の現在位置がここ。軌道要素に従えば、ＴＰＦはこの辺り、木星から六〇度ばかり春分点にずれた方向にいるはずだ。地球からの現在の距離は……おおざっぱに九億キロ」

日常業務ではあまり使わない単位を口にして、マリオは軽い目眩《めまい》を覚えながら、そこに電波が届くまでの時間を計算してみた。

「だいたい、片道五〇分てところか。指令電波《コマンド》届くかなあ。返信だって、うちの三四メートルディッシュで受け取れるかどうか……」

長距離を渡る電波はそれだけ拡散し、微弱になる。これらの電波を確実に受け取るために、外惑星に探査機を何機も飛ばしているJPLは、カリフォルニアのゴールドストーンだけでなくオーストラリアとスペインにも追跡用の巨大なパラボラアンテナを持っている。

その直径は七〇メートル、単純に計算してハードレイクの三四メートルディッシュの四倍の有効開口面積を持つことになる。

「軍用の外惑星偵察衛星でしょ。だとすれば、向こうの出力も相応に強化されてると思っていいいんじゃないのかしら？」

「これだけ太陽から離れてると、太陽電池なんか使えねーんだぜ」

マリオは、木星軌道上にあるはずの衛星と地球との位置関係を計算している。

「どんなバッテリー使ってるのか、あんまり考えたくないんだが……」

太陽電池があてにできない外惑星軌道で使われる衛星には、放射性物質の崩壊熱を使う強力な核電池が搭載されている。

「データ中継衛星で、しかもレーザーネットワークなんか使ってたら、間違いなく地上じゃ受信できねえぞ」

マリオは、関連のほかのデータを開いてみた。予想していた通り、通常運用の衛星ほどデータ量は多くない。

「これだけの遠距離運用よ。この距離で実用に使えるレーザー通信なら、それこそそれだけの出力持たせる方が大変だと思うけど」

「ほー、これはこれは」

衛星に対するコマンド送信のデータファイルを開いたマリオが、感心してうなずいた。

「デジタルコードで、しかもばりばりのエックスバンド、軍用周波数と来たもんだ。パケット通信なのはともかく、こんなコード、ＪＰＬのディープスペース・ネットワークで使えるんか？」

ふと、忌まわしい可能性に気がついて、マリオはデータを手繰《たぐ》る手を止めた。

「……なあ、どうしてこんなデータ持ち出せたんだ？　なぜ、こんな最高軍事機密がＪＰＬにある？」

「バック・ロジャースの仕事は、うちの縄張りよ」

「なに？」

「って、マサチューセッツ工科大学の教授に、フォン・カルマンが言われたんだって。どんなに偉そうなこと言ったって、的に当てる以上の興味も能もない軍に、探査衛星の運用なんかできるもんですか」

「……他に、知ってる事情は？」

キーボードの上で指を止めたまま、マリオはスウを見ている。

「どういう意味?」

スウはマリオから目をそらした。

「なあ、スウ、ぼくだって完全な部外者じゃない。この国の国立機関の内情や事情だって知ってる方だ。もし、お前の言う通り、これが勝手に持ち出されてきたものなら、事情によってはぼくはお前を告発しなきゃならなくなる」

「やさぐれプエルトリカンが、いまさらアメリカ市民ぶるつもり?」

「もし、そうでないのなら、相応の手順ってもんが必要になる。いいんだぜ、ここにはお前が持ってきてくれたディープスペース・ネットワークとの中継設備もあるから、余分な儀式はぶいて、キャンベラ辺りのアンテナから直接木星軌道上のこいつを弾くことだってできるんだ。ただ、その結果、パサディナで何が起きるか……」

マリオは、横を向いているスウをじっと見ている。

「そこまで考えないで、こんなデータ持ち出してくるような君じゃないだろ」

「……それで済むんなら、とっくにそうしてるわ。このデータ見るのだって、あたしたちが最初じゃないのよ。今までに誰もそんなことを考えなかったって思う方がおかしいわ」

「それじゃなんで、わざわざこんなところにまで、こんなもの持ってきた? 時と場合によったら、これは重大な犯罪教唆《きょうさ》になるの、気がついてないわけじゃないだろ?」

「あたしは、惑星間生物学が専門。原理や理屈を知らないわけじゃないけど、探査衛星の運用やデータ解析なんて、教えてもらったってできるかどうかわからない」

「ぼくだってそれは専門じゃない」

「それに」

ちょっとマリオから目をそらしてから、スウは意を決したようにマリオの耳元に口をよせた。

「あたしが知るかぎり、あなたが最高の魔法使いだもの」

ほとんど反射的に、マリオはスウから車椅子を横スライドさせるように飛びのいた。

「ちょっと待て！　てめえ、確信犯でヤバい橋渡ろうとしてやがるな⁉」

「正規の手順でこんなことやったら、とんでもないことになるくらい、あたしも想像つくわ」

スウは胸を張ってマリオを見た。

「でも、あなただったら、誰にも気づかれずに九億キロ離れた衛星を弾いてデータを受け取ることができる。あたしはそう信じてる」

「かー……」

半分口を開いたまま、マリオはコンソールに肘《ひじ》をついた。

「興味ない？　ないわけないよね。軍が、国際標識番号もなしに木星軌道にあげた探査衛星よ。なにを見てるのか、興味ないわけないよね」

「……だから困ってるんだ」

マリオは、自分のコンソールに車椅子ごと向き直った。

「どーしよ。……今回ばかりは、辞表書いといたほうがいいかもしれんなあ、みんなに迷惑かけないように」

あらためて電子の要塞から車椅子をバックさせて、マリオはひとけの少ないオフィスを見まわした。

「……まあ、やるんなら、人の少ない今のうちかなあ……」

「やってやって」

うれしそうに、スウはどこからともなく新しいデータカードを取り出した。

「はい、お土産」

「……今度はなに持ってきやがった」

マリオは胡散くさそうにスウの指先のデータカードを見た。

「今日の空軍のパスワード。防空空軍と、北米防空司令部と、宇宙軍と、なんでもあるわよ」

「だから、どっからそんなもん揃えてくるんだ」

「そりゃあ、もお」

スウはにっこりと笑った。

「この程度、あそこで仕事するならたしなみよ」

合衆国宇宙軍は、一九八二年に宇宙空間、及び大陸間弾道弾を統括するために、陸軍、海軍、沿岸警備隊、海兵隊、空軍に続く六番目の軍隊として創設された。創設当時は空軍麾下《きか》の組織だったが、宇宙空間での活動の拡大に伴い、空軍の麾下から他の軍と同格の宇宙軍に格上げされた。

その構成人員は、合衆国六軍の中でもっとも少ないが、活動領域はもっとも広い。有人宇宙事故に対応するための緊急救難隊はラグランジュ・ポイントまでを行動範囲とし、火星への有人宇宙飛行にも人員を参加させている。

「木星軌道上なんて遠距離の衛星なら、間違いなく運用は防空宇宙軍なんだが……」

現在運用されている宇宙機は、その九九・九％以上が地球圏、地球周回軌道上にある。数少ない例外は惑星探査機、小惑星や彗星への探査衛星などで、マリオの記憶にあるかぎり軍用衛星で地球圏外で運用されているものはない。

「スウ、国防総省は深宇宙《ディープスペース》ネットワーク使ってるのか？」

「さあ？」

手近の空いている椅子を転がしてきたスウが首を傾げた。

「調べてみよっか？」

「頼む」

「デスク借りるよ」

電子業務以外の事務仕事に使うための、現実にはほとんど使われていないマリオのデスクで、スウは自分のラップトップコンピュータを開いた。

「あとネットも」

「壊すんじゃねえぞ」

言いながら、マリオはヴァーチャルゴーグルを頭にかけてコントロールグローブをはめた。

まず、インターネットで合衆国北米防空司令部《NORAD》の表玄関に行ってみる。

コロラド州コロラドスプリングス、シャイアン山に建設された北米防空司令部が当初想定していたのは、全面核戦争である。

時代は変わり、雨あられと降り注ぐ核弾頭に耐えられるように作られた北米防空司令部は、全面核戦争の第一撃に生き残り、報復攻撃の指揮をとるという最初の目的はほぼ失われた。しかし、分厚い岩盤をくり貫いて建設された過剰なまでの防御設備は、軍が求め続ける基地の理想に合致している。そのため、司令部としての機能が地上基地に移転した後も通信中枢として機器、設備の更新、施設の増設までが行なわれている。

防空司令部の名のとおり、北米大陸領空の安全を保障する空軍を統括する司令部は、同時に地上のミサイル基地、軌道上の衛星、飛翔体、そしてゆっくりとしたペースで建設が続けられている小惑星監視システム《アース・ガード》を管制する合衆国宇宙軍の司令部でもある。

もし、木星軌道上にある太陽系外に向けた偵察衛星を運用するコントロールセンターがあるとすれば、それは北米防空司令部以外には考えられない。

しかし、というか、当たり前なことに、公開されているインターネットの広報ページでは、マリオはそれらしい部署を見つけることができなかった。

「しゃあねえなあ……」

軍のネットワークで、真に機密を必要とするものは通常の回線には接続されていない。絶対確実と言われるシステムを軍が作り上げても、それは名もないクラッカーたちに幾度となく破られてきた。軍はそれを認めてはいないので、そのうちいくつが完全に成功し、どれだけの挑戦者が失敗したのか、正確な数字は誰も知らない。

どんなシステムも、人間が作ったものであるかぎり人間に破られる。幾度かの重大機密の流出とスキャンダルを経て、当たり前の真実を学んだ軍部は、ついにネットワークを閉鎖し、限定されたものとすることによって、その機密を保つ手段を選んだ。

高速情報回線によって世界中が結ばれても、接点がなければクラッキングもできない。

「防空司令部の機密回線ならともかく、完全に俗世間から隔絶された隔離ネットワークとなると、ここからじゃ手が出ねえ……」

世の中にはいくらでも蛇《じゃ》の道があるから、必要ならば隔離ネット相手にもアクセスする方法はある。業務上の必要と、興味から、マリオはそういった回線へのアクセスルートをいくつか確保していた。

しかし、軍専用の深宇宙ネットワークへの接続など、マリオは今までその可能性すら考えていなかった。彗星捕獲ミッションを唯一の例外として、スペース・プランニングの業務はそのすべてが地球圏に限られている。したがって、情報収集その他の必要のためにアクセスの必要がある軍用ネットも、地球圏内、それも低軌道から大気圏内の領域を業務エリアとするものしかなかった。

「今からあわててルート作っても、ばれちまえば見え見えだしなあ。かといって近所の直通回線使うにしても……」

ハードレイクにもっとも近い軍の専用回線は、ロジャース乾湖《ドライレイク》のエドワーズ空軍基地にある。ハードレイクで仕事するようになって培《つちか》った様々なコネクションやルートがあるから、空軍基地に出掛けていって回線を使わせてもらうことは不可能ではない。

「だからって、やることがやることだと、関係者軒並みぶっ飛ばされる可能性もあるわけだし……」

マリオは、スウが持ってきたメモリの中味を開いた。エックスバンドを使う衛星へのコマンドソースがずらりと並んでいる。ファイルの日付は二年前。開発の日付ではなく、このメモリにコピーされた時の日付だろう。

「いつから動いてるのかもわからない衛星に、バージョンもわかってないコード打っても無視されるだけだろうしなあ。最悪、逆探知される可能性もあるし……」

「最近半年分の、ディープスペース・ネットワークの使用状況、出たわよ」

スウの声が聞こえた。ゴーグルをかけたまま、マリオはコントロールグローブをはめた手を振った。

「その中から、国防総省チャーターの奴を洗い出して、アンテナをどこに向けたのか調べてくれ」

「ええ⁉」

スウが不服そうな声を上げた。マリオは取り合わずに続けた。

「運用記録くらい引っ張りだせるだろ。できれば通信内容の記録も見たいところなんだが、国防総省相手じゃそりゃ無理かなあ」

「国防総省の仕事受けてるのだって表沙汰にしていいのかわからないのに、そんな記録まで閲覧して大丈夫かしら」

「念のために言っとくが」

ゴーグルを額に上げて、マリオはラップトップを目の前にキーボードを叩きはじめたスウに顔を向けた。

「閲覧記録なんぞ残すんじゃねえぞ。足跡消してるだろうな」

「大丈夫、四カ所ジャンプしてるわ。最後は台湾の公衆電話に接続してることになってるから、後から記録調べられても大丈夫だと思うけどなあ」

スウが入り込んでいるのは手慣れたＪＰＬのネットである。ディープスペース・ネットワークの巨大アンテナ群、高軌道に置かれている航法アシスト及びデータ中継のための衛星群は、ロサンゼルス郊外のパサディナにあるＪＰＬからコントロールされている。

　地球から遠く離れた衛星とも通信できる直径七〇メートルにも及ぶ巨大パラボラアンテナを主砲に、ハードレイクに導入されたのと同形の三四メートル高利得《ハイゲイン》パラボラ、地球軌道上の衛星を追跡管制するための二四メートル級や一一メートル級などによる複合通信局《ステーション》が地球上三カ所に設置されている。

　さらに、高軌道上のデータ中継衛星、太陽公転軌道上に配置された追跡監視《トラッキング》衛星により、広がる一方の太陽系内の観測網を管制している。

　地上にあるすべての施設が、同時に一つの目標に向けられることはない。ハードレイクにも近いモハビ砂漠、オーストラリアのキャンベラ、スペイン郊外のマドリッドのアンテナ群は、ほぼ地球の三分の一周回ごとに設置されているため、地球の裏側にいる目標に対しては他の通信局は無力である。

　効率的にネットワークを運用するために、それぞれの通信局、衛星は時間割で目標を変えて運用される。時期によっては指令電波の到達に片道二時間近くかかる木星、五時間かかる土星周回の観測衛星相手には、指令を送るステーションと受け取るステーションが違うことも珍しくない。

　ネットワークのすべての通信局、衛星の運用予定と記録は一般に公開されている。その中に、単に運用主がディ《D》パートメント・オ《O》ブ・ディ《D》フェンスのそっけないイニシャルで表示されている運用記録は、国防上の機密事項に指定されているために、その一切が公開されていない。

　しかし、運用側には記録は残る。もちろん、国防総省《ディパートメント・オブ・ディフェンス》による運用記録はその一切が非公開ということになっている。

「大体、地球上にしか敵国がいないはずの国防総省が、どんな必要があって外宇宙向けのアンテナなんか使ってるのよ。地球に攻めてくる宇宙人でも探してるのかしら……」

「通信記録、引っ張りだせそうか？」

「……さすがに、データは残ってないわあ。この調子だと運用記録残ってるかなあ……あ、こっちはあった。いる？」

「見せてくれ」

　マリオの手元に、ディープスペース・ネットワークの運用記録が転送された。マリオは、その運用記録とスウが持ってきたメモリにあるＴＰＦのデータを比べてみた。

「七〇メートル級ディッシュの指向照準、受信までのタイムラグ、データと一致する。木星軌道上に、ディープスペース・ネットワークでやっと扱えるような探査機《プローブ》がいるのは間違いないが……」

「ここまで来て、まだ疑ってたの？」

「見も知らない衛星のデータいきなり持ってこられて、ハイそうですかなんて納得できるかい。探査機の規模考えてみろ、軌道上天文台より大きいんだぞ」

建設のコストと手間があまりかからない低軌道上でも、これだけの探査衛星を建造するには大型ロケットを何機かと、それから組み立てのための莫大なマンパワーが必要なはずである。未だに人が到達していない地球からはるかに離れた外惑星軌道上に大型の探査衛星を設置するために、どれだけの人員と設備と時間が必要になるのか、マリオでもすぐには試算できない。

「大体、あんなところでどうやってこんなもん建設したんだ」

「それはあなたの専門でしょ。たぶん、地球軌道から木星軌道に飛んでいく間に自動で組み立てたんだと思うけど」

月単位で計算できる火星や地球、金星などの内惑星間の移動と違い、木星以遠の外惑星への飛行は年単位の時間が必要になる。

「地球のそばでこんなもの作ったら、すぐに見つかっちゃうじゃない」

「何年前の物件か知らないが、外惑星で運用するためのこんなものが、完全自律系か？」

うんざりして、マリオは息をついた。木星軌道上にまで衛星を飛ばしたら、それは人の手による整備や補修が不可能になることを意味する。一系統が使えなくなっても全体を維持するための何重もの冗長系、パワー供給、そして機能を維持するための自己整備系や補修系の組み込みなどが必要になる。

それは不可能ではないが、それにかかる手間や予算はマリオの想像を超える。

「それだけの価値があるってことか……」

マリオは、送信運用と受信運用の記録を確認した。

「……送信が時間かからないのはわかるとして、なんで受信に二時間もかかるんだ」

地球からの指令送信が衛星に届き、その返信が地球に届くまでのタイムラグではない。ディープスペース・ネットワークは、衛星からのデータの受信にそれだけの時間をかけていた。

「観測データがそれだけ莫大だってことでしょ」

スウはこともなげに言った。

「それに、飛んでくる距離が距離だもの。同じデータを何回か繰り返して欠損がないようにしてるのかもしれないし」

「どんなデータ伝達率《ビットレート》使ってんだよ。うちの三四メートルでなんとかなるのか」

「旧式な七〇メートルで大丈夫なんだから、新型の三四メートルなら問題ないでしょ、実質性能は七〇メートルより上なんだし」

「ホントかよ……」

マリオは、エックスバンドの送信コマンドをディスプレイ上に呼び出した。

「現状だと、最新版のコマンドデータが手に入らない。何年前に打ち上げられたかわからない探査機が、こんないつから保存されてるのかもわからないコマンドで、そのまんま動くとは思えないんだが、いいのか、それでも？」

「それは……」

マリオの目の前のディスプレイに目を泳がせたスウが、わずかの間、逡《しゅん》巡《じゅん》したようだった。

「バック・ロジャースの領域なら、世界中でうちが一番なのよ。そんないい加減なデータ、持って来るわけがないじゃない」

「……あのな」

まるでスウが見ているのを知っていたように、ゴーグルを目からはずしてマリオが振り向いた。

「一体、どこからあのメモリーカード拾ってきた？」

「ごめんなさい！」

スウは、マリオにぱっと両手を合わせた。

「それだけは聞かないで！　ていうか、言わない方がいざって時にあなたのためだと思う」

「……そこまで確信犯かよ」

ちょっとスウを睨みつけてから、マリオは押さえていたゴーグルを目に戻した。

「わかってると思うが、木星軌道上の探査衛星との通信は、そいつがハードレイクの地平線より上にいる間、できれば二〇度より上にいる間に限られる。今の地球とこいつの位置関係だと、こいつが空に昇ってくるのは今日の深夜、ため込んでるはずの観測データを受け取るのに一番いいのは午前零時前後だ。で、現在の光速度による時間差、片道で正確に五〇分一二秒四のタイムラグを考慮すると、目標がスペイン、マドリッドの近所にある通信局の上にいるうちにコマンドを送らなきゃならない」

マリオは、ゴーグルの視界の隅に表示されている現在時刻を確認した。

「こっちの営業時間内の、マドリッドのディープスペース・ネットワークの予約状況は？」

「ちょっと待ってよ……」

スウは、ＪＰＬのネットワークからディープスペース・ネットワークの稼動予約状況を引っ張りだした。

「ディープ・スペースの七号、一二号と定時連絡。軌道上との通信はぎっしり予定が詰まってるけど、遠距離通信はそんなもんかしら」

「エウロパ着陸機《ランダー》が定時観測のデータでも送りつけてれば、スケジュールがあわないから明日回しにできたのに。ＪＰＬだけじゃなくって、惑星《ほし》の巡りまでお前の味方かい」

遠距離通信用のディープスペース・ネットワークの通信状況は、その時間にその上空にある探査機の数に左右される。ＴＰＦが配置されている木星軌道上の空の一画には、今の時期、火星も木星も、金星もいない。

「やる気になるでしょ？」

「致命的な見落としがあるような気がしてるんだが」

マリオは、早いペースで接続ルートを作りはじめた。

「言っとくが、今月残業が多すぎたんだ。今日はだれがなんと言おうと、五時までしか仕事しねえからな」


スペース・プランニングの名目上の営業時間は、九時から五時までである。もっとも、ハードドレイクでこの就業規則を正確に守っているのは、ミス・モレタニアの不在時に営業用の連絡を受け取る留守番電話くらいしかない。

航空宇宙関係の仕事は、他にもまして待ってくれない。仕事の相手が自然環境や物理法則、他社の都合まで入れば、なおさらである。

「ああ、自分の才能が恨めしい」

ぶつぶつ言いながら、マリオは組み上げたディープスペース・ネットワークへの介入ルートを確認していた。

「もう少しまっとうな仕事の仕方してれば、こんな短時間にこんなろくでもないルートの組み上げなんかできないのに」

「のりのりで仕事してたくせに」

スウはマリオのとなりで、肘なんかついている。

「コマンドソースがわかってるとはいえ、こんな短時間でコマンドの組み上げだけじゃなくって、ディープスペース・ネットワークへの介入ルートまで作っちゃうなんて、さすがよねえ」

「お前みたいにお国掛りで研究できる身分ならいいさ。こっちみたいにありもんでなんとかしなきゃならない生活続けてると、猿のように知恵つけてかなきゃ会社が廻ってくれないんだ」

ゴーグルを額に上げて、マリオはコンソールの前から車椅子をバックさせた。古風なワイヤレスキーボードをスウに突きつける。

「核ミサイルのボタンくらいは、お前に押させてやる」

「え？」

スウは、目の前に突き出された小振りなキーボードとマリオの顔を見比べた。

「リターンキーを押せば、コマンドがパサディナやらハワイやらカンボジアやらポーラスターやら経由して、木星軌道にぶっ飛んでいく。その結果なにが起きるのか、できるだけのこと想像してから、このキー押すんなら押せ」

スウは、しげしげとマリオの顔を見直した。

「あたしが、自分に都合の悪いことなんか考えると思ってるの？」

「……しまった」

あわててマリオがキーボードを引っ込めるよりも一瞬早く、スウはリターンキーを叩いていた。ハードレイクの旧式な寄せ集めコンピュータから世界中に広がる電子の網に、遙か九億キロの彼方を最終目的地に定めたデジタルのコマンドが光速で飛び出していった。

「あ！」

「これで、なにが返ってくるのか、わかるのは夜の〇時過ぎてからってことね」

「少しは自分がやってることが世間にどういう影響与えるか、考えて仕事しろよ……」

ぶつくさ文句言いながら、マリオは最後の引き金を引かれてしまったキーボードをコンソールに戻した。

壁の時計に目を走らせたスウが、マリオを見直した。

「ええと、マリオ、あなた今日はもう残業しない、んだっけ？」

ディスプレイで現在時刻を確認して、マリオは電子の要塞から離れた。

「終業時間だ。これ以上仕事したら、ミス・モレタニアに怒られちゃう」

「……受信は……」

心配そうにスウが言う。マリオは、わざとらしく腕時計に目を落とした。

「日付が変われば、まあ、怒られなくてすむかな?」

ハードレイク空港最新の設備である三四メートルパラボラアンテナは、可能な限り開けた場所を選んで建設された。

見通しがよいという条件ならば、鉄筋コンクリート三階建て管制棟付きの空港ビル屋上への建設も検討されたのだが、改装に補修を重ねた老朽建築が大型アンテナの重みに耐えられないということで、あっという間に計画は変更になった。

ハードレイクの施設はあちこちに点在しているが、パラボラアンテナは液体燃料や推進剤の集積場、滑走路や誘導路の延長線上を避け、その他考察できるだけの条件をすべて勘案したうえで建設地点が決定された。そのため、ハードレイク空港の敷地のはずれ近く、道路からも離れた荒れ地の中にぽつんと建っている印象がある。

完成してからまだ間もないから、巨大な三四メートル鏡もそれを支える架台も白いままであるが、新品同様の状態がいつまで保たれるのかはわからない。

不使用時、パラボラアンテナはもっとも風の抵抗を受けず、架台に対する負担の少ない、真上を向いている状態で固定されている。

夜間稼動に備えてライトアップの設備も施されているが、無駄な電力は使用禁止とのことで、よほどのことがない限り人もいない場所への専用照明は点灯されることがない。

深夜〇時前、乾燥してよく冷えた星空の下、星明かりに照らされて杯のように上を向いたアンテナの架台にある黄色い回転灯が点灯した。遅れて、パラボラアンテナ本体にも赤い衝突防止灯が外周の四カ所で点滅を開始する。

あらかじめ予約されていたプログラムに従い、ゆっくりと動き出した架台は直径三四メートル、放物線状の曲線に彩られたパラボラアンテナを東の空に向けた。

標的は九億キロ彼方、送られてくる電波は通常の航空無線の一億分の一以下の強さしかない。標的となる外惑星軌道上の探査衛星のデータ、自転する地球上から移動するちっぽけな目標に狙いをつけ続けるプログラム、どこか一つの数字がずれただけでもデータは受け取れない。

架台は円周状のレールの上を回転し、パラボラアンテナの方位角を定める。そして、架台上の基点がパラボラの仰角を制御し、自転する地球上から太陽系の一点を指向し続ける。受け取ったデータは、地下に敷設されたファイバーケーブルを通じてハードレイクのターミナルビルディング、そして各社に配信される。深夜〇時、外惑星から送られてくるはずのデータを受け取るために接続されているのは、スペース・プランニングのオフィスでマリオが私用に使っているコンピュータシステムだけだった。

「ほんとに来るのかよ」

非合法な活動であることは百も承知だから、マリオは今回のパラボラアンテナ稼動には仕事に使っている自分のシステムを使わなかった。常時稼動させている電子要塞のシステムは今も動いているが、三四メートル鏡のコントロールとデータの受信はデスクに置いた自分の旧式なラップトップから行なっている。

模式化された高精度ディスプレイの映像は、ディスプレイの照準が東の空から昇ってくるはずの探査衛星に正確に照準されていることを示している。しかし、指定されている周波数には自然のノイズ以外の反応は未だに現れていない。

「待ってなさいってば」

スウは、だいぶ省略された星座が描き出されているだけのスケール付きの星空の映像から目を離さない。

「相手は九億キロも旅してくるのよ。そんな簡単に辿り着くもんですか」

「科学者とも思えん台詞《せりふ》だな」

ふーっと息をついて、マリオはひとけのないオフィスを見回した。

社長室の明かりは消えたまま。社長は宇宙飛行士の美紀、チャンともどもワシントンに滞在中のはずである。急いで組み上げなければならない宇宙機や整備しなければならない航空機もないから、階下の整備場にも人はいない。

日が暮れれば、乾燥したモハビ砂漠の乾湖の飛行場は涼しくなるから、というより寒いほどに温度が下がるから、空調も稼動していない。

マリオは、目の前のラップトップコンピュータのディスプレイに目を戻した。宙天の一点を指向し続けている直径三四メートルの巨大な眼は、まだその視界になにも捉えていない。

「まあ、衛星のポジション、コマンドソース、タイミングのどれか一つがちょいとおかしかっただけで返信なんか来なくなるんだから、今回は失敗かもなあ」

「うるさい」

「だいたい衛星が実在するかどうかはいまだに確認されていないんだし、コマンドが正確かどうかもわからないんだ。全部当たってたとしても、推定上の現在位置が一〇〇〇万キロずれてるだけで、マドリッドから打ったコマンドは衛星の横を素通りする。どの道、あの大きさの衛星だと、地上からはどうがんばっても確認できないし……」

「うるさいわね、しばらく黙っててよ！」

「ケネディからの打ち上げ記録調べた方が早いかなあ。極軌道じゃないから、打ち上げはケープ・カナベラル空軍基地だろ。軍用衛星でも、打ち上げ時のデータから軌道推定できるから、そっちから現在位置計算したほうがいいかも……」

「ぐっちゃぐっちゃうるさいわね！」

単なるノイズしか捉えないエックスバンドの受信状況を示すディスプレイから、スウが顔をあげて牙を剥いた。

「現在位置の確認が必要ならマウナケアに連絡取って、すばるでもケックでも向けてもらえばいいわよ！　シュピッツァー・ステーションから該当空域走査すれば、でっかいアンテナ広げた探査プローブくらい発見してやるわ！」

「そりゃあ、あるものなんでも自由に使えるのなら楽でいいわなあ。三年先のスケジュールまで詰まってる天体望遠鏡や軌道上天文台に、一体なんつって割り込むつもりだ？」

「理由なんかいくらでもつけられるわよ！　地球型惑星発見衛星よ。それも太陽系内にいるのなら、なにをやったって発見する価値があるのよ！」

「その結果、木星公転軌道上に浮かんでるのが単なるスクラップひとつでも、か？」

「なにが言いたいのよ！」

「もし、すでに地球型惑星が発見されていて、軍が機密を守るためなら、おそらくいますぐにでも衛星を自爆させることができる。ひょっとしたら、機密保持のために打ち上げられた衛星は、もう今頃スクラップになってる可能性だってあるってことさ。軍隊って連中が、機密保持のためにどれだけえげつない真似するか、聞かせてやろうか？」

言いながら、マリオはいつでもバックして逃げられるように車椅子のリムに手をかけていた。目から火を噴きそうな顔で、喚《わめ》き出そうとしたスウははっとしてラップトップコンピュータの小さなディスプレイに顔を向けた。

受信状況を示すインジケーターが、跳ね上がっていた。

「来た……！」

「うそお」

マリオがスウの横からディスプレイを覗き込む。

「混信じゃねえのか？　どっかの通信衛星でも捕まえちまったんじゃ……」

「方位も仰角も合ってる。なにより、こんな弱い衛星放送なんか誰が受信できるもんですか！　それにこの程度のデータ量じゃ、音声だけの放送だってできないわよ」

「……うえ」

単位時間内に受信されるデータ量を見たマリオが情けない声をあげた。

「なんちゅうビットレートだ。探査衛星ってのはこんな情けない通信レートしか使えないのか？」

「すぐ目の前の地球軌道からデータ降らせてるわけじゃないのよ。観測データをべたのまま無圧縮で、しかも長距離走らせて届かせるのなら、これくらいが普通よ」

「……それはいいが」

マリオは、地球の自転につれて東の空から中天に昇っていく衛星の予測軌道を見た。

「こいつ、ハードレイクから見えるところにいるうちに、データ送信終わってくれるのか？」

「……しまった」

スウがか細くつぶやいた。

「考えてなかった……だって普通の惑星観測機のデータ受信って、一回あたり二時間か三時間しかかってないんだもの。たぶん、それくらいで終わるわよ」

「相手は頑丈なメモリーディスクくわえ込んで、貯め込んだデータまとめて送ってくるんだぜ」

探査／観測衛星は、観測データをまず厳重な対放射線、対宇宙線防御を施された筐体内のメモリーディスクに貯える。そして、貯め込んだデータをまとめて地球に向けて送信する。記憶領域は可能な限り余裕を持って設計されているから、探査機は莫大な量の観測データを貯蔵できる。そして、そのデータは地球で受信が確認できたものから順次新しいデータに書き換えられていく。

「どーすんだよ、軌道上の中継衛星相手ならともかく、見えてるうちにダウンリンクが終わらなかったら引き継ぎなんかできないぞ」

厳密に言えば、衛星から送られてくるデータはハードレイクの一点だけを目指しているわけではない。地球に向けられたアンテナから放たれた通信波は可能な限り絞られていても長い距離のうちに拡散するから、理屈の上では衛星に向いている地球上のどこでも受信は可能である。

現実問題として、遠く離れた衛星からのデータの受信のためには巨大なパラボラアンテナを擁する通信局が必要になる。ディープスペース・ネットワークはモハビ砂漠に七〇メートル級パラボラアンテナを備えた通信局を持っているが、その次の受信局はオーストラリア、キャンベラ郊外になる。

「夜明けまで受信すれば、今のペースでもかなりのデータ量になるわよ」

スウは、衛星放送とくらべても気が遠くなるほど遅い通信速度を見た。圧縮も変換もされていないデジタルデータが、あとどれくらい続くのかわからない。

「それだけあれば、少なくともこの衛星がどんな観測データを得てるのかくらいはわかるわ」

「夜明けまでね」

マリオは壁の大時計を見た。二四時間表示の大時計の秒針がゆっくり回転している。

「それまでにここに黒服のおじさんが踏み込んでくるとか、向こうからのデータ送信が突然停止するとか、そういうことは考えない？」

「都合が悪いことは考えない！」

スウはきっぱりと宣言した。ディスプレイから顔をあげてにっこりと腰をのばす。

「しばらくかかりそうだから、お茶でも淹《い》れようかな。中国茶、飲めるようになった？」

「コーヒー」

マリオは、仏頂面を崩さない。

「そんなんだからカフェイン中毒になって胃の調子おかしくするのよ。いいお茶持ってきてあるの、飲も」

「コーヒー、ブラックがいい」

ぶつくさ言っているマリオをおいて、スウはオフィスから出ていった。

マリオは、三四メートルパラボラアンテナで受け取ったデータを着々と記録している小さな旧式のラップトップコンピュータを見た。

「意味のあるデータが届いてりゃいいけどなあ。どんな体勢でどこらへん走査してるのか皆目わかってねえからなあ」


東の空を指向していた三四メートル鏡は、地球の自転につれてゆっくりとその向きを変えていった。ほぼ黄道に沿って星の巡りを追いかけたパラボラアンテナは、東の空が明るくなるまで稼動中を示す航空標識と回転灯を停めなかった。

「止まった……」

アンテナは正確に衛星を追尾しているはずなのに、それまで微弱ながら続いていた電波の入力はもはや感じられなくなっている。衛星はまだ直接通信が可能な可視範囲にいるはずなのに、衛星からそれ以上のデータは送られてこない。

「これで受信は終了か？」

「たぶん……」

受信したデータの総量を確認して、スウはメモリーをとりだした。

「北米防空司令部が、クラッカーに気づいてデータの送信を強制終了させたって可能性は？」

「タイムラグが大きすぎるわ。状況確認してからコマンド送信だと、二往復分の時間が稼げるのよ。データもらってくわね」

「そりゃ構わんが……」

スウは手慣れた様子でカードをスロットに放り込んでデータを移動させた。

「そのデータ、どうする気だ？」

「持って帰って分析」

取り出したカードをマリオの目の前で裏返してみせて、スウはうれしそうに笑った。

「ここじゃ探査衛星のデータ分析なんて設備揃ってないでしょ。パサディナに戻らないと、これがなんにもない暗黒宇宙のデータなのか、それとも見たこともないような宝物が写ってるのかもわからないもの」

「いいけど……」

うっすらと朝日がさし込みはじめたオフィスで、マリオは壁の二四時間表示の大時計を見た。

「今からどうやって帰るつもりだ？　まさかまたグレイハウンドの夜行バスにでもヒッチハイクするつもりか？」

「時間、間に合ったもの」

スウはケースに入れたメモリーをポーチに放り込んだ。

「たしか、今日の朝一で大佐がバーバンクに精密機器取りに行くって言ってたの」

「……だからいつの間にハードレイクの飛行スケジュールなんか押さえてるんだ、お前は」

それまで静まり返っていたはずのオフィスの外から、ターボプロップを始動させる音が聞こえてきた。

「間に合ったら乗せてくれるって言ってたから、帰るわ。分析の結果が出たらすぐにメールする。ええと……」

窓の外にちらりと目をやったスウは、落ちつかなげにマリオに目を戻した。

「ごめんなさい、後始末お願いできる？」

「また余計な厄介事に巻き込まれそーな気が……」

ぶつぶつ言いながら、マリオはキーボードに向かった。

「大丈夫、こっちの運用記録は消しとく。正体不明の電力使用量が残るが、まあ、アンテナで受信しといた程度の電力消費、ここじゃ珍しくもない」

「ありがとう」

いきなり背後から抱きつかれて、マリオは電撃でも受けたように硬直した。

「な、なに⁉」

「あたしがどれだけ感謝してるか、伝えられる英単語を知らないわ」

耳元に囁《ささや》かれて、マリオはあわててスウの腕を振りほどいた。車椅子ごとスウに振り向く。

「どういう意味だ、この……」

「借しにしといてね、いつかきっと返すから！」

すでにマリオに背を見せて走り出していたスウは、投げキスなんか残してオフィスから飛び出していった。

「ありがとうだって……」

ぼーぜんと呟いて、マリオは首を傾げながらコンピュータに向き直った。

「あのやろ、どんな顔して言いやがったんだ。見てやりゃよかった」

なんとなく込み上げてくる笑いを抑えられず、マリオは受信したはずのデータを確認しようとした。

「……お？　おや？」

夜中かけて受信したはずの観測データは、あるべき場所になかった。どこか別な場所に収納してしまったのかと思って、マリオはコンピュータのデータファイルをあちこち探してみた。ない。格納場所に指定されたファイルは残っているが、その中味は全部消されている。

「そういうことか……」

マリオはデスクに肘をついて笑い出した。

「自分のカードに観測データ移してから、こっちのデータきれいさっぱり消していきやがったな」

STAGE3　ブルー・プラネット

オービタルコマンドのC－130ハーキュリーズは、ハードレイク空港を離陸後一時間でロサンゼルス、バーバンク空港に着陸した。飛行時間の大半は、太平洋上でバーバンク空港の着陸順番待ちに費やされた。

着陸後、指定の駐機場に廻されたハーキュリーズのリヤのカーゴベイから、スウは華奢《きゃしゃ》なトラスフレーム構造の小車輪径の自転車を飛行場に乗り出した。

「出発予定は三時間後だ」

軍用を払い下げられた輸送機の荷室内から、地上に降ろされたスロープに顔を出したテンガロンハットのオービタルコマンド司令、ガーニイ・ガーランド大佐が声をかけた。

「また用事があるんなら戻ってきな。お嬢ちゃんが乗るくらいの余裕はあるぜ」

「お世話になりました」

自転車ごとハーキュリーズに向き直って、スウは挨拶した。

「もし非常事態でもあったら間に合うように戻ってきます」

手を振って、スウは飛行場の構内を軽やかに走り出した。

カリフォルニア工科大学《カルテック》は、ロサンゼルス郊外、高級住宅の並ぶパサディナにある。目覚めて動き出した朝のロサンゼルスをバーバンクからパサディナまでほぼ西東に移動して、スウはジェット推進研究所《JPL》のあるカリフォルニア工科大学キャンパスに接近した。

「……なにやってんだろ？」

コロラドブルバードからカリフォルニアブルバードに入り、立ち並ぶ住宅街の向こうにカルテックの建物が見えてくる前から、スウは異様な空気に気がついていた。

今日も快晴の、澄み渡った青空に何機ものヘリコプターが舞っている。それだけなら珍しい風景ではない。ロサンゼルス上空は、航空警察、報道機関、そして空港と要衝《ようしょう》を結ぶヘリコプターやティルトローターの旅客機が二四時間飛んでいる。

しかし、パサディナ上空を異様な低速で飛んでいる、ほとんど空中浮遊《ホバリング》しているようにも見えるヘリコプターは、航空警察の白とも旅客会社の派手な塗色とも違った、緑と灰褐色の迷彩だった。

「……軍のヘリかしら？」

奇妙に低くこもったローターの音を聞きながら、スウは自転車を止めて上空を見上げた。

両側のスライドドアを大きく開けた汎用《はんよう》ヘリが、戦闘服の乗員の顔まで見えるような低空をゆっくりと舐《な》めるように飛んでいった。

「SWATじゃないわねえ……」

しばらく考えてみるが、柄《がら》の悪いスラムならともかく閑静な高級住宅街であるパサディナに、突然、治安維持出動したとも考えられない。

「質《たち》の悪い凶悪犯罪でも起きたのかしら？　でも、それだったら警察の仕事になるはずだし……」

周辺住人の路上駐車の多い並木道を、角張った非日常的なシルエットの装甲戦闘車が大径タイヤを駆動して走っていく。戦場での兵員輸送が主な任務となる車両だが、自衛のための四〇ミリ機銃砲塔は街中には似つかわしくない。

眠そうな顔の住人が、何事かと家の庭に出て低速走行していく装甲車を見送る。軽く手を挙げて、スウは寝起きらしいガウン姿のおばさんに声をかけた。

「おはようございます、なにがあったんですか？」

「おはよう、あんまりいい朝じゃないわね」

おばさんはうるさそうに空を見あげた。

「朝っぱらからヘリコプターが飛びまわって、うるさいったらありゃしない」

「なにかあったんですか？」

「さあねえ？」

首を振って、おばさんは両手を拡げた。

「CNNでも、ネットワークでもなにも言ってやしないよ。一体なにやってるんだか」

「ありがとう、参考になりました」

再び走り出しながら、スウは首を傾げていた。

「ニュース見てないせいかと思ったら、そうでもないか。でも、このあたりに軍隊が出動しなきゃならないような施設ってなにかあったかなあ……」

パサディナにある施設は、カリフォルニア工科大学、パサディナ大学、ハンティントン公園くらいで、軍が出動しなければならないような重要施設はない。

「どっかの馬鹿が、警察じゃ相手にならないような戦略兵器持ち出したのかしら」

片側一車線しかないストリートを、巨大なタイヤを八輪も備えた装甲車が走っていく。エンジン音は低く消音されているが、街中で見かける機会はほとんどないだけに、路上駐車の乗用車を踏みつぶしていきそうな威圧感がある。スウは思わず自転車ごと歩道に逃げた。

「それだったらニュースに流れてるわよねえ。なにがあったんだろ！」

古風なホーンが聞こえた。聞き覚えがあるな、と思って、辺りを見まわした自転車のスウを、反対車線から走ってきたサイドカーが急停車気味にターンした。サイドカー側から、ヘルメットもかぶっていない大柄な女性が風防に手をかけて立ち上がる。

「スウ！」

「マリエッタおばさん⁉」

スウは驚いて急ブレーキで止まった。バイク側のドライバーが、お椀《わん》型ヘルメットにゴーグルをあげる。

「こんなところで、なにしとる？」

「ジェイムスン教授⁉　教授こそ、こんなところでなにを？」

「わたしが頼んだの。なにが起きたのか知らないけど、ＪＰＬで下っ端相手にしてても話にならないわ。スウ、急ぎでないんだったら今カルテックには近づかないほうがいいわよ」

「……なにが起きてるんです？」

「それこそわたしの知りたいところだわ。一体、なんの権利があって州兵なんかが大学を封鎖できるのよ！」

「カルテックを、軍が封鎖⁉」

実感なしに、スウはＪＰＬがあるカルテックの方角を見た。上空に、軍用の愛想のない色のヘリコプターが何機も飛んでいる。

「正確に言えば、軍の連中はカルテックとＪＰＬを制圧しようとしている」

惑星物理のヌシといわれる教授は、胡乱《うろん》な目つきで軍用ヘリの舞う朝の空を見あげた。

「今のところ、連中は内部の状況を正確に把握し、関係者がどこでなにをしているのか確認しようとしている。実のところやっているのはそれだけで、研究者や学生の出入りを制限しようとか、特定の人物を拉致するとか、機材を没収しようとか、そういう直接的な行動に出ているわけではない」

「あんな連中が好き勝手にうちの敷地をうろついてるってだけで、じゅうぶん迷惑なんです！　大体、地球の外を相手にしてるわたしたちのどこに、軍につきまとわれなきゃならない理由があるんですか！」

スウはまるで自分が怒鳴られたようにびくっと身を震わせた。教授に叫んでから、サイドカーからスウに身を乗り出したマリエッタは辺りをはばかるように声をひそめた。

「気をつけなさい、スウ、制服着てるだけが軍隊じゃないわよ」

「……はあ？」

言っている意味がよくわからずに、スウはマリエッタの瞳を見返した。

「なんで軍がそんな気になってるのか知らないけど、今回、彼ら、本気よ」

「ほ、本気って、どういうことです？」

「ヘリに戦車に、ライフルもった歩兵まで繰り出して」

「主力戦車は来てないよ」

「なんにも知らない素人動揺させてるつもりでしょうけど、一緒にかなりの数の私服が、構内に入り込んでるわ」

「私服？　なんのことです？」

「わたしの見るところ、あれは諜報《ちょうほう》関係の人間ね。必要もないような軍用ヘリや装甲車、完全武装の兵隊に耳目を集めさせておいて、目立たないつもりで入り込んでる私服の方が主力よ」

「目立たないつもりって……」

「事前調査と準備が足りなかったんじゃないかしら。学会のフォーマル・パーティーが行なわれるわけでもないのに、この暑いのにネクタイ締めた目つきの悪いスーツ姿が何人もうろついてれば部外者ってわかるわよ。気をつけなさいスウ、学生だろうが事務員だろうが見境なく妙に親しげに話しかけて情報収集してるから。あれは、わたしたちの敵よ」

「情報部かなにかですか？」

「たぶんね。どこの部署かまで確認してないけど」

まるで歩行者の顔を確認しているような低高度で、背の低い汎用ヘリが下降流《ダウン・ウオッシュ》で道路の落ち葉やごみを舞いちらしながらゆっくり上空を通過していった。

「研究所や学部には、なぜ軍隊が出動してるのかなんて話は……」

「来てるわけないでしょ。なんか、国家保安上の重要機密にかかわる実験衛星にハッキングがあって、その侵入ルートにディープスペース・ネットワークが使われたとかなんとか言ってたけど。軌道上を廻ってるはずの偵察衛星なら、あんな大がかりなシステム使わなくたって裏庭の衛星放送用アンテナだって使えるってこと、いっくら説明したって理解できないんだから」

　スウは、自分の血が引く音を聞いたような気がした。

「まさか……マリオ……」

「もしなにか心当たりがあるのなら」

　目に見えて顔色を変えたスウに、マリエッタは静かに言って聞かせた。

「いつもどおり出勤して、適当に仕事してるふりなさい。もしこのまま行方をくらませたりしたら、真っ先に手配リストに載るわよ。もっとも、ブラックリストに載っている人間はあなただけじゃないと思うけど」

　思わせぶりなウィンクをして、マリエッタはサイドカーのシートに腰を下ろした。

「行ってちょうだいジェイムズ、指揮系統に直接ねじ込まないと埒《らち》が明かないわ」

「何も知らない野次馬のふりをしているのが一番じゃな」

　ジェイムスン教授はゴーグルを目の上に戻した。一度ギアをバックに入れて車道に戻る。

「そうそう、電話も携帯もネットも、全部モニターされてると思ったほうがいいわ」

　まず真っ先にマリオに連絡をとることを考えていたスウは、ぎくっとしてポーチの中の携帯端末を押さえた。

「半径一〇マイルは、携帯端末だけじゃなくって公衆電話まで盗聴されてるわよ。気をつけてね」

ゆっくりとしたリズムで静かにアイドリングしていたＢＭＷの水平対向エンジンの回転をあげて、ガソリン車規制の厳しいカリフォルニアではクラシックカー扱いされるようになったサイドカーが走り出した。スウは、青ざめた顔でサイドカーを見送った。

「まさか、原因、あたし……？」

茫然とつぶやいてから、あわてて辺りを見まわす。少なくとも見える範囲に聞き耳を立てているような人影は見当たらない。

スウは、急にポーチの中のデータカードの重さを感じたような気がした。

大西洋岸、ワシントンＤＣは、太平洋岸のロサンゼルスよりも三時間早い時刻で動いている。

朝一番でポトマック川のほとりに建造された巨大な五角形の建物に電話を入れたジェニファーは、合衆国宇宙軍退役中将、ノーマン・デイトン将軍へのアポイントメントを午後一番につけることに成功した。

「デイトン将軍て、退役してたんじゃないんですか？」

ワシントンの首都機能を結ぶ地下鉄から地上に上がるエスカレーターで、チャンはジェニファーに聞いた。

「ときどき出てくる話だと、退役中将って聞いてたような気がするんですが」

「そうよ。フロリダで自前のロケット打ち上げるんだって言ってた」

ジェニファーはうなずいた。

「だけど、あのひとくらいになると、引退してもやめさせてくれないみたい。せっかく奥さんと一緒にフロリダのお屋敷に引っ込んだのに、結局、引き払ったはずのジョージタウンにまた官舎与えられて、週末ごとにフロリダに往復だって。人材不足は、どこも一緒よね」

反対側のエスカレーターを、観光客らしい一団が声高に不満そうな会話を交わしながら降りていった。

アメリカの軍事力の頭脳たるべき巨大な五角形の三階建てビルディングがポトマック河畔《かはん》に完成したのは、一九四三年のことである。それまで全米十数カ所に分かれていた合衆国軍の効率的、集中的な運用のために建設された総司令部は、以来、ほぼ一世紀もの長きにわたり世界最強の軍事組織を経営し続けている。

国民の税金で建設、運営されているものは、広く国民に公開すべきである、というこの国の誇る民主主義の輝かしい伝統により、国防総省《ペンタゴン》はワシントンのほかの省庁のように見学客を受け入れている。

しかし、地下の駅から地上に上がった一行は、受付で国防総省に起きたちょっとした異変を知った。

「本日は見学なし?」

受付の横に出されている看板の文字を読んで、チャンは絶望的な声をあげた。

「きしょーめ、こんなところに来る機会なんかめったにないから、あとで見学ツアーに参加しようと思ってたのに。なんで中止なんだ？」

大小様々な理由により、見学ツアーが中止されたり延期されたりするのは、ワシントンでは珍しいことではない。

「田舎者のふりするんじゃないの！　正式なアポイントメントとって堂々と中に入れるんだからいいでしょ」

ジェニファーは受付の前のホールを見まわした。ジェニファー、美紀、チャンのスペース・プランニング社員は、スミソニアンの学芸員であるセーラ・ドウンバーガー、及び展示のスポンサーである劉健とは、ここで待ち合わせのはずである。

「ハイ！」

長身をいつもの白衣ではなく白いビジネススーツに包んで、小さなスキットルをあおっていたセーラがフタを閉じる。

「もう、中身お酒じゃないでしょうね」

「だいじょうぶ、ただのサプリ」

セーラは、新兵が警護として横に直立している受付のカウンターに目をやった。

「そっちの仕切りだから様子きいてないけど、大丈夫なのかい、今日の国防総省は？」

言われて、ジェニファーはホールを見回した。

「いつもと何か違う?」

「違うわ。あたしだってそうしょっちゅうここを覗きに来てるわけじゃないけど、なんかいつもと違ってぴりぴりしてるわよ」

「あれ?」

ジェニファーは不思議そうな顔で見学中止の看板を指した。

「あの程度」

セーラは首を振った。

「どっかで緊張が高まるとか、作戦開始とか、そんなんじゃなくたって館内の掃除とか引っ越しだって見学ツアーは中止になるんだから」

セーラは、急にジェニファーの耳元に口をよせた。ジェニファーは反射的に身構える。

「国防総省付きの番記者にきいたんだ。だいたい六時間くらい前から、ここの緊張度が高まってるって」

「六時間前?」

ジェニファーは考え込んだ。

「あたし、まだ、寝てたと思うけど」

「この寝惚助《ねぼすけ》! 誰もあなたがなんかしたなんて思ってない!」

「あら残念」

「アポイントメントが通ってるかどうか確認して。向こうの事情でキャンセルされてる可能性がある」

「デイトン将軍が、こっちに連絡なしにキャンセルなんてありえないわよ」

言いながら、ジェニファーはもう一度辺りを見回した。ここで待ち合わせのはずの劉健の姿はまだ見えない。

「あいつの勝手なキャンセルなら、大歓迎なんだけど」

ハンドバッグから自分のＩＤカードを取り出して、ジェニファーはカウンターの短い列に並んだ。

ジェニファーから用件をきいた係員は、インターホンを宇宙軍嘱託、デイトン中将に廻した。

「ここでお待ちくださいとのことです」

「は？」

てっきりオフィスに案内されるものと思っていたジェニファーは、思わず聞き直した。

「あの、中へは？」

「将軍は、いますぐこちらに来ると言っております」

国防総省の五角形の建物は、どれだけ離れた部署へも四分間で移動可能、というコンセプトで設計された。その言にたがわず、青い制服姿のデイトン将軍は待つほどの時間もなしに受付のジェニファーたちの前に現れた。

「ご無沙汰してます、将軍」

挨拶しかけて、ジェニファーは将軍の後ろからついてきたにやにや笑いに気がついた。

「劉健！　あんた、また抜け駆けしようとしたわね！」

「そんな、人聞きの悪い。少しばかり早く着いたもんで、先に挨拶だけでもしておこうかと思っただけさ」

「なにも変わっとらんな君たちは」

空軍のそれよりも少し色が深いだけのドレスブルーの制服姿の銀髪の将軍は、ジェニファーと劉健に笑いかけた。

「劉健くんはこちらの業界に来たそうで、歓迎するよ」

「こちらこそよろしくお願いします」

「地面の上だけじゃ足りなくて、空の上まで荒らしにきただけよ。ええと、どうしましょう、将軍？」

人数が多いからカフェテリアにでも行こうかと思ったジェニファーに、将軍は手を上げた。

「外に出よう。ここは少しばかり空気が悪い」

劉健は駐車場に停められていた運転手付き《ショーファー・ドリブン》のストレッチリムジンに一行を案内した。

「あんた、またこんな悪趣味な車借り出してきて……」

ワシントンにもカイロン物産の支所はあるから、機材の手配に不自由はない。

「ポトマック川沿いの遊歩道やアーリントン墓地で日に照らされるのもいいですが、おそらくこちらの方が将軍の目的にかなうのではないかと」

無愛想な黒い塗色のリムジンの長大な車体を眺めて、デイトン将軍は満足げにうなずいた。

「ステッキを部屋に忘れてきた。これなら余計な心配をせずに済む」

空調のきいたリムジンの中には、ミニバーだけではなくミニシアターまで備えられていた。デイトン将軍、劉健、スミソニアン博物館の学芸員であるセーラ、ジェニファー、美紀、チャンが乗り込んでも、車内にはまだ余裕がある。

劉健は、インターホンを使ってガラスの向こうのショーファーに何事か指示した。静かに、そうと気づかせないほどのなめらかさで、リムジンは国防総省の駐車場を滑り出た。

「何かお呑みになりますか？」

ホスト・ゲストにところを変えた劉健が、ミニバーの冷蔵庫を開いた。

「ノン・アルコールも揃えておりますが」

「コークをくれ」

将軍はリヤシートから身を乗り出した。

「あの五角形のビルの中では、気の抜けたダイエットコークしか呑めんのだ。缶のままでかまわん、コークをくれ」

「わかりました。他の方は？」

「ドリンク剤は？」

コンパクトなストッカーの装備を見つけたセーラが質問する。将軍はよく冷えたコーク缶を受け取った。

「ありがとう」

「ひと通りそろってます。お好きなものをどうぞ」

コントロール・パネルのスイッチを入れた劉健は、さらにいくつかのスイッチを入れた。

「ひと通りの防諜装置のスイッチは入れました。尾行はされているようですが、少なくとも車内の会話は外部には洩れません」

「ありがたい」

コーク缶を一息に呑み干して、将軍は息をついた。

「これで、余計な神経を使わずに話ができる。国防総省の中ではうっかりくしゃみもできん」

「将軍の部屋にまで盗聴装置があるんですか？」

ジェニファーは驚いて訊ねた。

「正確に言えば、あれは警備システムの一つでしかない。それに、盗聴防止装置も兼ねているから、内部での会話やプライバシーは完全に保たれる。表向きはな」

将軍は口元に皮肉な笑みを浮かべた。

「あそこに勤めている者で、それを額面通りに受け取っているようなおめでたい軍人がいれば、そいつは即座に職務遂行能力なしとして閑職に廻されるだろうが」

将軍はあらためて車内の一同の顔を見まわした。

「劉健くん、セーラ嬢はジェニファーの結婚式以来だな」

「言わないでください、将軍！」

「そして、そちらのお二人がスペース・プランニングの名宇宙飛行士か」

将軍は、後ろ向きの補助席に縮こまって座っている美紀とチャンに目をやった。

「地球近接彗星《ニア・アース・コメット》への長距離飛行に関する記事は興味深く拝見した。君たちの軌道上での活躍はときどき聞いているよ」

「は、光栄です」

チャンがしゃちほこばって答えた。

「みんな、健康そうでなによりだ。この歳になるとあちこちがたが来て、整備と定期点検がたいへんなんだ」

将軍はうれしそうに二缶目のコーク缶を開けた。

「さて、話をはじめようか。だいたいの事情は劉健くんから聞いたが、セーラ嬢が企画した航空宇宙博物館の惑星への旅の新展示がはっきりとした理由も示されずに中止になりそうだという話だね」

「りゅうけーん」

低い声で唸って、ジェニファーは劉健を睨みつけた。

「あなた、また余計なこと言ったわね」

「僕は僕の知るかぎりの事実関係を先に説明しておいただけだ。それがお互いの利益のためにもなると信じているよ」

劉健は目の前のサイドシートのジェニファーにウィンクしてみせた。

「覚えときなさい、その台詞！」

「今回の展示の企画は、数年前からあたためていたものです」

手に持ったびんのふたを開けず、セーラは将軍を正面から見た。

「ハッブル望遠鏡の運用終了と、その回収計画が具体化してから、企画は急速に進みました。すでに展示物はハッブル望遠鏡を含めてすべてがシルバーヒルの倉庫に揃い、必要なイラストや写真、キャプションも発注済みです。ここに新しい展示に関する企画書を持ってきてありますが」

セーラはブリーフケースの中からファイルを取り出した。

「この展示がなぜ、国家保安上の重大な機密に関わるのか、納得のいく説明を聞かせていただけますか」

「君の本音はそうじゃないだろう、セーラ」

将軍はゆったりとした笑みをたたえてセーラを見返した。

「この展示ができるように力を貸してほしい、そうじゃないのかな？」

一呼吸置いてから、セーラはうなずいた。

「そのとおりです。でも、もしそれができないのなら、納得できる理由が欲しいから」

「ファイルを見せてくれるかね？」

将軍は、セーラからファイルされた企画書を受け取った。展示会場オープンを数週間後に控えた計画書を企画書の体裁にまとめ直したものだから、展示内容、展示物に関しては実物の写真が使われているものが多い。

部屋の中央に、軌道上から回収されたハッブル宇宙望遠鏡が、運用停止の原因となった太陽電池パネルの破損はそのままに展示される。部屋の外周にはアメリカのパイオニア、マリナー、そしてロシアのベネラにはじまる惑星探査機の歴史とその成果、バイキング、ヴォイジャーなどの探査機が並べられ、並行して軌道上望遠鏡の構想と歴史が説明される。

展示の終わり近くで、予算不足と技術的に達成不可能との見通しから中止されたオリジン計画の最終目標が語られる。

火星より遠い軌道上に置かれるはずだった太陽系外地球型惑星発見衛星は、設置後五年以内に太陽系から半径三〇光年にあるすべての星系を探査し終える予定だった。

光年単位の彼方の、しかも今までに発見されたガス状巨大惑星よりも小さな、母星に近い惑星を確認するためには、『サーチライトの縁《ふち》に止まったホタルを写真に撮る』ような技術が必要になる。その技術が確立すれば、そして、外惑星軌道上に充分な性能の探査衛星を設置できれば、いつの日か、地球型惑星が発見されるだろう。

展示室の最後には、いずれ発見されるであろう地球ではない地球型惑星の写真が飾られる予定だった。

青い惑星、というタイトルとともに掲げられる、おそらくは実際の地球の映像をもとにまったく違う地形を加工したフェイク画像を見て、将軍はため息をついた。地球によく似た惑星――その映像を見たものは、それを巷《ちまた》に溢れる地球そのものの映像と思うだろう。しかし、よく見ればその地表にある陸地が地球にないものであることがわかる。そして、その地形は大部分が白い雲の下に隠され、判然としない。

将軍は、最後のページを開いたまま、セーラに顔をあげた。

「それで、君はどう考えているのかね？　つまり……この展示のどの部分が、国家の機密に触れると？」

「見当もつきません」

セーラはそっけなく答えた。

「この展示のどの部分も、国家機密には指定されていません。どの資料も、どのデータも、公共のライブラリーで手に入るものばかりです」

「キャプションの確認作業は行なったかね？」

「もちろんです。スミソニアンの壁に飾られるものにミスは許されません。この展示の中で事実関係の調査に問題があると思われるのは、オリジン計画と地球型惑星発見衛星に関する部分だと思いますが、これに関しても関係者に対する調査を行ないました」

「その結果は？」

「そこに書かれている通りです」

まるで最初から質問を知っていたかのように、セーラはすらすらと答えた。

「当時のＮＡＳＡの計画担当、ロッキード・マーチンやレイセオン、ボール社の関係者にも事実関係を確認しました。太陽系外惑星探査衛星には、軍事偵察衛星と通じる最新技術がいくつも投入される予定でしたが、この展示ではその具体的な説明にも実用過程にも触れていません。こと技術方面に関するかぎり、公開されている概念による説明のみが簡単なパネルで行なわれますが、これも一般市民が手に入れることのできる情報です」

「もし、実際に、太陽系外に地球と同じような青い惑星が発見されたら、それについて君はどう考えるかね？」

「その件に関する考察は、この展示には含まれていません。スミソニアン博物館は事実の理解にのみ寄与し、思想的なディレクションは可能な限り行なわない方針です。それは、客が自分で考えることです」

あらかじめ用意されていた答弁書を朗読するように答えてから、セーラはおだやかな笑みをたたえている将軍の顔を見直した。

「わたしが？　わたし個人の思想に関する質問ですか？」

「ここは国防総省じゃない。ワシントンの中だが、植え込みの向こうや隣の席で知らない誰かが聞き耳を立てているわけでもない。おそらく、ワシントンの中でこのリムジンほど機密が保たれている場所もないだろう」

デイトン将軍は、リムジンに乗っている他の五人の顔を見まわした。ジェニファーは、疑わしげな顔で劉健を見た。

劉健は、宣誓するように片手をあげた。

「保証しますよ。このリムジンは戦車砲の直撃にも耐えられるが、どんな機械的な諜報手段も撥ねのけることもできる。ホワイトハウスの秘密会議室もこれほどじゃないはずだ」

「そういうわけで、わしの言葉も君の発言も、我々の記憶以外には残らない。正直なところを聞かせてくれ、セーラ。この写真をこの展示の最後に持ってくることを思いついたのは、君か？」

将軍は、ファイルのページを表に返してセーラに示した。

最終ページの青い惑星が、全員の目に入った。

「それが、オリジン計画の最終目標でした。たとえそれがまだ発見されていなくても、この宇宙に地球型惑星が存在する可能性が大なのは、同意いただけると思いますけど」

「君たちはどう思うね？」

将軍は、まずジェニファーに青い惑星の写真を示した。

「……この展示についてですか？　それとも、地球型惑星が存在する確率についてですか？」

「確率については、今ここで議論する必要はないだろう。専門家によって数字は変化するだろうが、我々がここでこうして生きている以上、他にも地球のような環境の星があると考えるのが自然だ」

「問題は……」

気がついたとき、美紀は口を開いていた。

「それが、どこにあるのか——数光年先にあるのか、数十光年先なのか、そして、そこに辿り着くための技術をいつ手に入れることができるか、だと思います」

「悪くない答えだ」

将軍は、お気に入りの生徒の答えを聞いた教師のように微笑んだ。

「だが実は、距離は大した問題ではない。近いに越したことはないが、遠くても少しばかり時間がかかるようになるだけだ。だが、そこへ行くための技術は重要な問題になるだろう。

技術的な優位が国家にとってどれほど重要なことか、航空宇宙産業の最前線にいる君たちにはいまさら説明の要もあるまい」

　将軍は、もう一度、一同の顔を見まわした。

「そしてもうひとつ、軍には、力によって国家体制を維持するという重要な役割がある。力とはすなわち技術であり、情報であり、そして軍本来の戦闘力でもある」

　将軍は、最終ページの写真に目を落とした。

「惑星への旅というタイトルの部屋の最後に、この写真を持ってきた君の学芸員としての発想と見識には敬服する」

　将軍は、隣の席のセーラに顔をあげた。

「だが君は、同時に合衆国のみならずこの地球に住む我々人類の進むべき方向に関して、重要な提案を行なっている。その意味と、その結果を理解しているかね？」

　セーラは、まだ手にしたドリンク剤を開けていなかった。じっと将軍を見つめる。

「うちのボスも、この展示に関して意見を求めた誰も、それは指摘しませんでした。あるいはそれがみんな承知している、予測される未来なのだろうかと思っていたのですが、やはり、そうなのですね」

　セーラは誇りに満ちた顔でうなずいた。

「これは、月、火星に到達した人類が次に目指すべき、もっとも困難なゴールです。そして、それは真の意味で最後の開拓地に対する大航海時代のはじまりになるでしょう」

「次のゴール？」

劉健が口をはさんだ。

「火星の次は、木星、土星になるんじゃないのかい？」

「ニュースバリューの問題よ」

セーラは片手だけでキャップを器用にねじってドリンク剤を開けた。

「大西洋無着陸横断飛行をやったリンドバーグの名前は知られていても、太平洋無着陸横断のパイロットの名前は知られていないわ。無着陸、無給油の世界一周飛行がそれから半世紀もあとのことだなんて、一般大衆は知らないわよ」

「それは……そうだろうが」

平均的アメリカ市民として、劉健もそれらの偉業が誰の手によって成し遂げられたのかは記憶していない。

「それと、火星の次の目標に、一体、どういう関係がある？」

「人類初の月着陸は、世界大戦と並ぶ大事業だった。それはそうでしょうよ、ライト兄弟からリンドバーグまででさえ四分の一世紀もかかったのに、あの当時、あの技術だけで、最初の宇宙飛行から月着陸まで一〇年かかってないのよ。それからもう一度月に行けるようになるまで、半世紀近くも待たされるなんて、誰も考えていなかった。それに比べて、火星飛行はどう?」

ため息をついて、セーラは劉健に物憂げな視線を向けた。

「月着陸は世紀の大ニュースだったけど、火星着陸はその年の一〇大ニュースのトップにもなれなかった。二回目、三回目の火星行きなんて、出発と到着でさえその日のヘッドラインにやっと引っ掛かっただけ。この上、木星や土星に人類が到達しても、一般大衆は次の日になればまた人権問題や環境問題のニュースしか見ないに決まってる。どうしてかわかる?」

「そりゃ、まあ、一般市民てのは専門的な事例には一時的な興味しか示さないものだとは承知しているが……」

「教育程度や興味の方向とは関係ないわ。人類がそこまで行っても、なにも変わらないことを知っているからよ。正確に言えば、どれだけ科学技術が発達しても、それがもたらすものが意義やお題目だけの名誉や知識領域の拡大だけなら、それは自分たちの日常生活には関わらないって本能で知ってるからよ」

「……そうなのか?」

あまりぴんと来ない様子で、劉健はジェニファーにきいた。ジェニファーは肩をすくめた。

「あなただって、こっちの業界に首突っ込んでくるまではなにを知ってた? 彗星レースのときだって、あれだけ世間で話題になったのは宇宙船が次から次へとトラブったからよ。その結果、高軌道上に衛星がひとつ増えたからって、あなたの周りの世界はなにか変わった?」

「ぼくの世界はずいぶんと変化したがね」

不承不承、劉健は認めた。

「頭の上を飛行機が飛び、宇宙船が飛び、月はおろか火星まで行けるようになっても、洗濯屋の生活は変わらない。なるほど、真実だ」

「もうひとつ理由があるとすれば……」

セーラは、上を指して見せた。

「月は、人類が文明を持つ前からずっとあそこに見えていた。だから、あそこに行くことはずっとみんな考えていた。だけど、予備知識がなければ火星は明るい星の一つでしかないわ。他の恒星と変わらない。でも」

セーラは、デイトン将軍を情熱的に見つめた。

「写真ひとつあれば、状況は劇的に変わります。コロンブスが発見した新大陸は、写真すらない時代に一般大衆のレベルでさえあれだけ世界を変えました。もし、地球じゃない、でも地球のような惑星が発見されれば、それは明確な次のゴールであり、未来の新世界になります」

「コロンブスはきみのような弁舌でイザベラ女王にプロモートしたのかな」

将軍は、まぶしそうに苦笑いした。

「もっとも、コロンブスが発見しようとしたのは新航路で、新大陸ではなかったようだが。

さて、ちょっと話題を変えよう。地上最後の大陸が、今どんな状況にあるか、知っているかね？」

突然振られた話題に、美紀はチャンと顔を見合わせた。

「どこのことです？」

「地上の六分の一の面積を占め、なおかつまだどこの国の領土にもなっていない最後の大陸、南極大陸だよ」

地球温暖化による海面上昇。その主たる原因は、平均気温の上昇のために南極の氷が溶け出していることである。

そのため、前世紀より大陸の面積は減っているにもかかわらず、雪や氷に覆われずに露出している地表は逆に増えている。

南アメリカ諸国を中心とした領有問題は決着されておらず、また氷の下から発見される生物学的、博物学的発見も多い。

「宇宙人の基地か遺跡でも発見されたんですか？」

ジェニファーのあほな質問に、将軍は首を振った。

「原始時代の遺構や、予想外に高度な遺跡は発見されているが、残念ながら宇宙人の存在を証明したり、示唆したりするものは発見されていない。少なくとも、わしの知る範囲では」

「国連主導による地下資源の採掘が開始されています」

教師が望むように答えたのは劉健だった。

「誰にも領有されないと定められた南極条約に則って、開発は多国籍企業の手によって行なわれていますが、南半球側の大陸に本拠地を置く企業が多いのは言うまでもありません。そして、潤沢な資源を巡る揉めごとが今も尽きません」

劉健は、野蛮人のような笑顔をジェニファーに向けた。

「おそらく、これが地球上最後の資源戦争になるでしょう。この見解が合衆国国防総省と一致するかどうかは知りませんが」

「海洋資源に希土類は、どこから出てくるかわからん。南極をめぐる戦争が最後の戦争になると考えるほど、我々は楽観主義者ではない。地球上最後の資源戦争か。なるほど、次の資源戦争は宇宙空間で行なわれるかもしれんわけだな」

「合衆国宇宙軍の戦力が、初めて役に立ちますわね」

ジェニファーが皮肉な面持ちでつぶやいた。最初に宇宙軍を独立させたのは合衆国だが、他の多くの大国が後に続いた。

「軌道上戦闘か。仮想敵の選定からはじめなくてはならんな」

「欧州連合ですか、それともアジアですか？」

「宇宙軍設立当初から言われているよ。宇宙軍の仮想敵は、宇宙人だとな」

将軍は笑った。

「だが、地球外での資源戦争では、宇宙人相手の軍隊だと構えているわけにもいかん。領土問題が絡むとなれば、なおさらだ」

リムジンの中に、短い沈黙が流れた。美紀は、ようやく老将軍の思考の方法が見えたような気がした。

「……将軍は、もし太陽系外に地球型惑星が発見されたら、領土問題が発生するとおっしゃるんですか？」

美紀は低い声で質問していた。将軍は小さくうなずいた。

「そのとおりだ」

美紀は思わず首を振った。

「宇宙条約をご存じないんですか？　月、火星、金星を含むすべての天体は、国家の領有を禁じられています！」

「南極条約もまた、大陸の国家の領有を禁じている。そして、太陽系外に地球型惑星が発見された場合、その価値はおそらく南極大陸とはくらべものにならん。どれほどの価値があるか……そう、地球そのものより価値があるのではないかな」

将軍は、もう一度ファイルの最終ページの青い惑星の写真を広げた。

「確率の問題だ。地球型惑星は、おそらく確実に存在する。だが、そこに我々のような文明が存在する可能性は、地球上に現れた文明の数を考えればかなり低いといえるだろう。したがって、この惑星《ほし》が文明の産み出す厄介な毒素によって汚染されている可能性も、同様に低いと期待できる」

将軍は、美紀に顔をあげた。

「新大陸が発見されればどれほど世界が変わるのか、もっともよく知っているのは我々アメリカ人だ。だが、いくらアメリカ人でも、他の国がそれに気がつかないと思えるほど楽観的にはなれない」

「どうも、まずい話題になったようですな」

劉健は自分と、美紀を指した。

「他の方々はアメリカ市民だが、ぼくは中国人だし彼女は日本人だ。いいんですか、他国民のいる場所でこんな話をして」

「余計な心配をする必要はない」

将軍は大袈裟に両手を拡げた。

「これは、仮定の上に仮定を重ねた単なるケーススタディだ。それに、この件に関して国防総省で考察が行なわれたのは、もう三〇年近くも前のことだ」

将軍は、濃い色ガラスの向こうに流れるポトマック川の風景に目をやった。

「あの時は、宇宙軍は空軍麾下のスペース・コマンドでしかなかった」

「オリジン計画がまだ進行中だった時のことですか？」

セーラは、頭の中でこの件に関する調査を時系列順に並べていた。オリジン計画は、予算と、技術双方の面から立ち消えになった。計画が様々な理由で変更されたり中止されたりすることは、珍しくない。そして、少なくともセーラの調査の範囲では、それに関する不自然な点はなにも見出せなかった。

「それが、オリジン計画が中止になった理由ですか？　そして、この展示を中止にさせる理由ですか？」

「オリジン計画が中止になった表向き以外の理由は、わしも知らない。君の展示を国防総省が中止させようとしているとして、その正確な理由もまだ調べておらん。今ここでわしが君に話せるのは、かつてこの件に関して国防総省内部で行なわれた考察だけだ」

軍人らしい言葉遣いで言ってから、将軍はふと考え込んだ。

「……この件に関する機密解除はなされていたかな？　確認してくるのを忘れた。ニュースソースは秘匿してくれたまえよ」

「……そんなことで！」

セーラが突然叫んでいた。

「領土問題が⁉　環境汚染が⁉　あるかどうかも確認されていない新天地が、それがもたらす希望ゆえに封印されなければならないんですか！」

「我々にとっての新天地は、同時に地球上にある他の国にとっても等しく新天地となる」

将軍は静かに言った。

「そして、軍は国家利益のために最大限の努力をするように義務づけられている。たとえそれが三〇年後、五〇年後、一〇〇年後に得られる利益だとしても、軍隊はそれを確保するために存在する。合衆国軍とは、そういうものだ」

デイトン将軍は、子供のころから知っているジェニファーの顔に目をやった。

「幻滅したかね？」

「ちょっと」

ジェニファーはあいまいな笑みを浮かべた。あわてて首を振る。

「いえ、あたしの大好きなデイトン将軍が、そんなことを本気で考えているはずがありませんもの。それが本当に機密事項なら、こんな場所であたしたちに説明してくださるはずもありませんわ」

ちらりと横目で劉健を睨みつける。デイトン将軍はセーラに目を戻した。

「さて、今のわしの立場で君に説明できることは以上だ。ただし、今の説明は君のファイルを見てのわし個人の見解であり、以前の経験から類推した理由でしかない。あのころと比べて状況も変化した。地球環境も、軌道上に到達する手段も大きく変わった。だが、軍の体質とか思想とか、そういったものは変化しようがない。もし、軍の上層部からこの展示に関する中止要請が来たのだとすれば、以前に行なわれた研究の結果を誰かが覚えていて、それで官僚的な対処を行なったのだろう」

　将軍は、ファイルをセーラに返した。

「実に興味深い展示だ。おそらく、最後の写真の展示さえなければ、国防総省が中止を要請することもなかったかもしれない。そのくだりを変更して、再度申請してみるかね？」

「スミソニアンには、展示内容を外部に監査させるような機構はありません」

　セーラは、ファイルを受け取りながら無表情に答えた。

「それは、学芸機関としての博物館の独立に関わる問題です。それに」

　セーラはじっと将軍を見つめた。

「展示中止の要請が、国家機密に関わる重大な問題であれば、国防総省には学芸員の交渉に応じる余地なんかないんじゃありません？」

「こういう巨大な組織には、思考停止とか思想の硬直化などの問題は常についてまわる」

　ファイルを持ったまま、将軍は言った。

「先ほど聞いたばかりの話だからね、君の展示がどのレベルで問題になり、どこから中止要請が出たのか、わしは調べてもおらん。まして、どこが問題になり、その結果、展示の全面的な中止か、あるいは一部の変更が求められたのかも、わしは知らん。だから、君にできる助言はわしのできる範囲での一般論でしかない。このリムジンの中での話は、まだ宇宙軍が空軍から独立する前の昔話で、展示中止の要請はまったく違う観点から行なわれた可能性もある。ともあれ、もし君が勝ちたいと思っているのなら、名目上の勝利ではなく実質的な勝利を目指すべきだと考えるが?」

将軍を見つめるセーラの青い瞳が柔らかくなった。セーラはファイルを受け取った。

「わかりました。展示の変更を検討します。その結果、どんな横槍が入るのか、今度は慎重に注意して見ることにします」

「気をつけたまえ。今、国防総省は、非常に神経質になっている」

セーラは、ジェニファーと顔を見合わせた。

「何かあったんですか?」

「それらしいニュースは見ていませんけど……」

国防総省の動きは、世界情勢に先行している。ニュースが流れた時には、すでに国防総省は動き出し、事件に対する対応をはじめている。

「国際情勢とは関係ない。おそらく、ニュースにもならんだろう」

将軍は、もう一度車内の一同の顔を見まわした。

「実は、半日ほど前、宇宙軍の通信システムに外部からのハッキングがあった。今日の国防総省の観光客向け見学ツアーが中止になっているのも、夜明け前から北米防空司令部のデフコンが上がっているのも、すべてそれが原因だ」

「通信システムへのハッキングなど珍しくないでしょう」

劉健が言った。

「全世界の情報機関と、ハッカーにとって、合衆国軍の通信システムは征服されざる最後の牙城だ。それが世界中からの挑戦を受けない日はない。違いますか？」

「だとすれば、その牙城が崩れはじめたのかもしれんな……」

将軍は、ずいぶんと離れてしまったワシントンの中心街の方向に目をやった。

「いや、わしも詳しい情報は聞いておらん。だが、どうやら通信システムがハッキングを受けただけでなく、それによって上位のシステムが不正な目的に使用されたらしい。最前線で誰がなんのためになにをしているのか知らんが、デフコンが上がっているとなれば、ただ事ではない」

デフコンとは、米軍の防衛態勢の緊張度《ディフエンス・コンディション》を示す数字である。全米の軍の即応態勢は、それに応じて変化する。

デフコンが上がっているということは、とりもなおさず軍が戦闘準備を整えていることを意味する。

「仮想敵は？　一体どこを相手に戦争する気なんですか？」

「戦争は、どうしても避けられない場合の最後の選択だ」

将軍は首を振った。

「少なくとも今の大統領には、そんな度胸はない。それに今、国防総省で戦われているのは直接的な戦力の応酬ではない。ワシントンではいちばんありふれた、おそらくニュースにもならないような日常風景だ」

「情報戦ですね」

劉健が状況を的確に要約した。

「そうだ。君たちも気をつけたほうがいい。わしと接触したとなれば、しばらく尾行がつき、公共回線を通す連絡や会話は盗聴されていると思ったほうがいい」

ちょっと目を見開いて、ジェニファーは将軍の顔を見直した。

「将軍と会って、話をしただけで？　一体、将軍はなにをしているんです？」

「勘弁してくれ」

将軍は大袈裟に手を振った。

「それぱっかりは職業上の守秘義務に関わる。君たちにつく監視も、一時的なもので、おそらくこの街を離れるまでだろう。だが、気をつけたほうがいい。君たちを担当するのが、新人のぼんくらだとは限らない」

「しかも、それに気づかないふりをしたほうがいい」

劉健が話の続きをひきとった。

「そのほうが、将軍の仕事もやりやすいはずだ。違いますか？」

将軍は劉健を見た。

「どうやら、君もまともな世界の仕事じゃなさそうだな」

「恐縮です」

「そのとおり、わしは政府側の人間だ。わしは、わしの業務を遂行しなければならない。そして、政府というのは個人の心情を斟酌《しんしゃく》してくれるほど融通の利くところではない」

「ありがとうございます、将軍」

セーラは、握手を求めて将軍に右手をさし出した。

「将軍は私に貴重な意見と進むべき方向性をくれました。これで、わたしは自分の仕事を今まで以上に自信を持って進めることができます」

「わしも、君と同じ意見だった」

将軍は、セーラの手を握り返した。

「はい？」

「地球型惑星が実在する可能性を、国家利益を優先するために封印するのは愚かだと。かつてスペース・コマンドで行なわれた概念研究の時の話だ。あのときから、軍の中においてはそれは少数意見だった」

「一般大衆は、きっと将軍を支持すると思います。わたしは、信じています。我々が行くべき星が、この宇宙のどこかに必ず存在しており、そして、それは今夜見上げれば見える夜空の中にある、と」

リムジンは、建物そのものより広大な国防総省の駐車場に滑り込んだ。

「とんでもない爺さんだな」

国防総省に戻っていくすっと背が伸びたドレスブルーの制服の後ろ姿を見送りながら、劉健がつぶやいた。確かな足取りは、ステッキが必要なようには見えない。

「なにが？」

ジェニファーは巨大な国防総省を見上げている。上空からなら五角形のビルディングだが、正面からはただの四角い建物にしか見えない。

「前からただ者じゃないとは思っていたが、あの将軍、自分からは必要な情報を出していない。全部、おれたちに喋らせ、考えさせた。恐ろしい切れ者だぜ。もしなにかの間違いで自分が守秘義務に問われても、あれなら軍法廷でも勝てる」

「今にはじまったことじゃないわ。でなければ、このワシントンで生きていくなんてできないんだから」

ジェニファーが覚えているデイトン将軍は、金髪が銀髪になったくらいの変化しかない。

「宇宙軍が空軍から独立する時に、そうとう活躍した人なのよ。あたしがこの業界でなんとかやって行けるのだって、あのおじさまと知り合いっておかげなんだから」

「君が、ストレートに他人の威光を認めるのも珍しいが……しかし、太陽系外地球型惑星か……」

劉健は、セーラに向き直った。

「大した発想だな。思いつきもしなかった」

「考えついたのはわたしじゃない」

ペンタゴンの中に入っていく将軍の後ろ姿を見送りながら、セーラはそっけなく言った。

「軌道上天文台の最終目標に、太陽系外地球型惑星を持ってきたのは、二〇世紀の学者よ。それが誰なのか、ずいぶん調べたけど結局わからなかった」

セーラは、劉健に顔をあげた。

「アイディアだと思う？　わたしはそうは思わない。地球型惑星なんて、今まで映画や小説の中で飽きるくらい繰り返されてきた舞台よ。スター・ウォーズの昔から、宇宙が舞台になっているサイエンス・フィクションなら、それが出てこない作品の方が珍しいわ」

「だが、そんなものが手の届くところに存在しているとは考えもしなかった。かけがえのない、たったひとつの地球だと無意識にせよ思っていた。……やっとわかったよ。なぜうちのじいさまがあの歳になって空の上のことに手を出そうなんて考えたのか、そしてジャガーノートなんて利益しか頭にないはずの巨大資金源がこの業界を狙ってきたのか」

「手が届く？」

ジェニファーは、不敵な笑いを浮かべた。

「本気で言ってるの？　太陽系外地球型惑星は、他の太陽系にあるのよ。そこまでは近くても数光年、たぶん、十数光年から数十光年離れている。光年て単位知ってる？　もっとわかりやすい単位に置き換えてあげましょうか？」

「光が一年間に走る距離のことだろう。その程度は知っている」

「それが、何マイルなのか知ってる？　六兆マイルよ。地球の一周は二万五〇〇〇マイルもあるのに、一番近い星系に行くには三〇兆マイルもかかるのよ」

「君たちは行くつもりなんだろ？」

劉健は、後ろの宇宙飛行士二人に視線を向けた。

「たとえ何兆マイル離れていようと、行くつもりなんじゃないのかい？」

「もちろん」「あたりまえよ」

二人の宇宙飛行士の返事は、間髪容れずに同時に戻ってきた。答えてしまってから、二人は顔を見合わせた。チャンはいたずらっぽい笑みを浮かべた。

「どうやって行くつもりだ？」

「プラズマロケットでもイオンドライブでも、反物質でも、時間がかかるかもしれないけど化学ロケットでだって、行けるなら構わないわ」

「化学ロケットかあ。何千年かかることやら」

最高性能の化学ロケットを使っても、星を渡るには一〇〇〇年単位の時間がかかる。

「そのための手段の一つを、ボストンで見てきたばっかりじゃない」

美紀は、くもりがちのワシントンの空を見上げた。

「方法はなんでもある。あとは、やる気の問題だけよ」

「やる気と、予算と、時間かな?」

セーラがつぶやいた。

「惑星間飛行ならともかく、恒星間飛行なんて本気で考えているのはNASAとJPLだけよ。それも概念研究だけで、ワープスピードの実用化なんて、あと何世紀かかるのかしら」

「もし、太陽系外地球型惑星が発見されたら、保証しよう、おそらく企業がその研究に本気で乗り出すはずだ。将軍が言った通り、それは地球すべてよりも金になる」

劉健はしまったと言う顔をした。

「だからか、なるほどね。軍は合衆国の優位を保つためにも、太陽系外地球型惑星は、その存在の可能性まで秘匿されなければならないか。確かに、リスク管理は軍の仕事だ」

劉健は、合衆国の市民と財産を守るべき巨大なビルディングを見上げた。

「……太陽系外への旅か。いつごろはじまることになるのかな」

「……一九七二年よ」

「なに?」

少しはロマンティックなことを言ったつもりだった劉健は、自分が生まれる前の年代に驚いてセーラに向き直った。

「初めて太陽系外を目指した探査機は、一九七二年に打ち上げられたパイオニア一〇号。後から打ち上げられた一一号に途中で追い越されてるけど、二基とも太陽系外を目指して打ち上げられた。一〇号は山羊座に、一一号は蠍座《さそりざ》の方向に今も飛んでいる」

セーラも、劉健に向き直った。

「残念ね、一月後《ひとつき》だったら、航空宇宙博物館の惑星への部屋で、完成した展示をお目にかけられたんだけれども」

「一月後か。スポンサーとして、展示を確認する必要はあるだろうな」

劉健は腕時計を見た。ジェニファーに声をかける。

「少しばかり遅れてしまったが、一緒に昼食でもどうだい？　今後の戦略会議が必要だと思うんだが」

「ワシントンに、おいしいレストランなんかあるの？」

「レバノン料理のうまい店があるんだ」

劉健は、どうぞというようにジェニファーとセーラにリムジンのドアを開けた。

「もし差し迫った用事がなければ、君たちもどうかね？」

美紀とチャンは社長を見た。ジェニファーは少し考えるふりをしてからリムジンに乗り込んだ。

「あなたたちもいらっしゃい。これから先の打ち合わせが必要だわ」

合衆国太平洋西海岸時間、午前一〇時過ぎ、カリフォルニア、パサディナ。

砂岩を刻んで作られたJPL正面ゲートのモニュメントの横に、巨大なパラボラアンテナを備えた装甲車が停車していた。低く消音されたガスタービンがかすかに車体を振動させている。

C－3米陸軍戦闘情報指揮通信車。予備知識のないスウには形式名の見当もつかないが、それでも巨大な装甲車が戦闘のためではなく、戦闘指揮のためにここにいることは直感的に理解できた。

大型のパラボラアンテナは、南に近い宙の一点を指向して停止している。衛星通信用のアンテナが幾つもある。そして、車体のあちこちにある空気穴は、車内で発生する膨大な熱を排出するためだとわかる。

「頑丈さだけが取り柄のコンピュータ積んで、司令部や部隊と連絡してるのね」

緊張して横を通り過ぎるときに、インカムで他と会話している兵士がハッチから顔を出した。にこやかに手を振られて、スウは思わず兵士から目をそらしてモニュメントの前を通りすぎた。

「どこまでばれてるのかなあ……」

都市内では余り意味のないはずの野戦装備の兵士が、アサルトライフルを肩にかけたまま学生となにか話している。実弾装備の兵装はものものしいが、複合材料のヘルメットをかぶった顔にまでカムフラージュの色を塗っているわけではない。

「ていうか、どこまで知って乗り出してきてるのかしら?」

もし、マリオやスウが真の意味での国家機密に触れてしまったのだとすれば、それは秘匿されていることに意味があるはずである。作戦を遂行する末端の兵士にまで、それが知らされているとは考えにくい。

JPLの構内の小道には、エクスプローラーからはじまる歴史的な探査機の名前が付けられている。スウは、マリナー・ロードからその名もDSNと呼ばれている横道に入って、宇宙飛行管制センターに行こうとした。

カリフォルニア工科大学の一画で新築や増築を重ねたという成立経緯のためか、JPLの構内はアメリカの施設には珍しく建て込んでいる。宇宙飛行サポートビルと、プログラミングオフィスの間のDSNロードへの入り口は、すでに軍の車両によって固められていた。軍用車両として初めて採用されたハイブリッド高機動車であるハイハマーが二台、通信設備を充実させたコムハマーとともにちょっとしたゲートを作っている。

宇宙飛行管制センターは、地球圏外にあるJPLの無人惑星間探査機の管制室である。金星より内側、火星より外側を目指す探査機はここからの指令で飛行し、管制され、観測する。

地球を遙かに離れた探査機は、ディープスペース・ネットワークを通じてここからコントロールされ、パイロットされている。

ため息をついて首を振ったスウは、何も知らない素人娘の笑顔を作った。ペダルも軽やかにこちらを見ている兵士に手を挙げて近づいていく。

「停まれ、停まってくれ！」

ヘルメットではなく戦闘帽の、オリーブドラブの戦闘服だがそれほど装備を着けていない士官がスウに手を挙げた。

「学生かい？　仕事なんだ、済まないがＩＤカードを見せてくれ」

コムハマーの横に自転車を停めて、スウは驚いたような顔でアンテナを林立させた軍用車両を見た。ただの反射鏡《リフレクター》にしか見えないが、平面型の小型のフェイズド・アレイアンテナまで装備されている。

「学生じゃないわ」

スウは、パンツのポケットから写真入りのＩＤカードを取り出して士官に示した。学生に間違えられる事態にしょっちゅう遭っているように付け加える。

「学者よ」

「確認させてくれ」

ＩＤカードを受け取った士官は、手にした小さなレーザースキャナーをカードの認識面に滑らせた。少なくともこれで自分の素姓と現在位置は軍に確認されたな、とスウは自分に言い聞かせた。

　スキャナーの結果を見て、士官はにこやかにＩＤカードをスウに返却した。

「確認した。若いから学生かと思ったよ、その歳でドクターとはすごいな」

「他の才能がないだけよ」

　相手が自分にどの程度の興味を持っているか、あるいは興味を持たせられるか考えながら、スウは驚いた顔で道を塞いでいる軍用車両を見上げた。

「どうしたの、これ？　火星人でも攻めてきたの？」

「そのジョークは出動前から聞いている」

　士官はうんざりした顔をしてみせた。

「だって、ここがなにしてる場所か知らないわけじゃないでしょ？　なにしてるの？」

「仕事だ。昨日の夜はなにをしていたか、念のために聞かせてくれ」

「…………」

　少し考えてから、スウは答えた。

「一晩中、ボーイフレンドと一緒にいたわ」

　士官は、つまらなさそうな顔をした。

「オーケイ、行ってくれ。今日はどこに行ってもいろいろ聞かれるだろうが、気を悪くしないでくれ」

「仕事の邪魔しない限りは歓迎するけど……」

辺りの様子をうかがってから、スウは声をひそめた。

「ね、教えて。なにが起きてるの？」

「いいだろう、極秘事項だ、誰にも言うな」

しーっと口元に人差指を立てて、士官は小声で言った。

「火星人が、攻めてくるんだ」


地球上と宇宙空間に広がるディープスペース・ネットワークは、宇宙飛行管制センターから運用される。ＤＳＮロードにあるこのふたつのビルの前には何台もの軍用車両が停まり、入り口には護衛よろしく小銃を持った兵士が両側を固めていた。

もっとも、占領されている側のＪＰＬ職員は差し迫った危機感もなく、まだ午前中で仕事の邪魔にもなっていないせいか、ものめずらしさが先に立っているようである。

ときおり、ラフな格好の職員や研究生がこの暑い気候の中でスーツを着込んでいる一目で部外者とわかるものたちとあれこれ話し込んでいる。制服だけでなく、私服の情報部員がかなり入り込んでいるという話だが、スウは、彼らもなにをどうしたらいいのかよくわかっていないような印象を受けた。

「どーしよ」

管制センターの中まで乗り込んで情報収集しようかと思って、自分と向こうの状況を考えたスウはあっさり断念することにした。寝不足の上に自転車を飛ばしてきたから、精神的にも体力的にも疲労が蓄積しているはずである。きっと興奮して脳内麻薬《ドーパミン》が分泌されているから自分では気がつかないだけで、どこでどんなミスをしでかすかわからない。

「……まずは、研究室に戻って仕事するふりでもしとくか」

軍がＪＰＬに対してどの程度の監視態勢を敷いているのかわからない。マリエッタおばさんの言う通りなら、うっかりコンピュータを使って仕事すれば、その内容はすべて軍に知られてしまう。

スウは、いろいろとマイナーな分野が集められている総合研究棟にある自分の研究室に戻った。入り口の人骨標本の額をつついて、出掛けた時そのままの研究室を見まわす。

進行中の研究やこれから分析予定のサンプルデータ、その他がらくたや研究書、専門書、論文などが紙媒体から光学媒体、電子媒体にいたるまで積んである。スウは、窓際の自分のデスクまで細く続く獣道の周りに積んである資料や器材の位置が変化していないのを確認して、自分のデスクについた。

ＪＰＬのネットワークにつながれているコンピュータはスイッチを入れっぱなしである。席を空けていた間の連絡事項や、理解しておくべき状況の変化がなかったかどうか、毎朝のチェックを開始して、スウはふとインターフェイスに滑らせていた指を停めた。

インターネットの原型は、全面核戦争により連絡網が寸断されても軍基地間の連絡を保つために発想された。だから、すべてのアクセスポイントを通過する情報はすべて軍に監視されているという都市伝説がある。

米軍が、いまだにその実力だけでなく、情報戦においても最強の地位を保っているのは、世界中に張り巡らされたインターネットすべてを情報網として使えるからだという。

一秒あたりに世界中のウェブネットを駆け巡る情報量の大きさから、そんなことは不可能だというのが、コンピュータ関連業界関係者の統一見解である。そして、いまだかつて一度たりとも、軍がその監視網の巨大さを世間に現したことはない。

しかし、とスウは考える。

すべての情報を機械に監視させるのであれば、そして重要な単語が出てくる情報のみを選別し、そのうちさらに重要度が高いと思われるものだけを人間が監視するのなら、それは不可能ではない。

犯人グループのアジトが特定のブロック内にあることが確定された、という特殊条件付きではあるものの、連邦捜査局は情報回線を流れる情報のモニターからテロリストたちを一網《いちもう》打尽《だじん》に検挙したことがある。

警察にできることが軍にできないはずがない。そして、軍は必要ならばすべてのことを行なう。

スウは、ポーチの中からメモリを取り出した。ネットワークに接続されているコンピュータで、ハードレイクから持ってきたデータの解析を行なうわけにはいかない。データの内容から解析結果まで、すべてが監視するものに流れる可能性がある。

少なくとも一度は自分が研究室にいたことのアリバイ作りのために、いくつかの連絡に対する返事を作りながらスウは考えていた。

データの解析は、ネットワークから切り離されているシステムで行なう必要がある。遙か木星軌道から届いたデータは、そのフォーマットすらチェックしていないから、どんな解析ソフトを使えばいいのかもスウにはわからない。

最初は、画像解析の研究室から適当な解析ソフトを貸してもらうつもりだった。しかし、この状況ではツールを幾つかダウンロードしてくるだけでも追跡される可能性がある。

「……てことは、そもそもこの中でこいつを解析するのは危険ってことか……」

ふと、不吉な予感を覚えてスウは散らかりっぱなしの研究室を見まわした。いくら軍が入り込んでいても、すべての研究室に隠しカメラや盗聴マイクを仕掛けた可能性は薄いだろうが、完全に否定はできない。今こうしているのさえ、国家防衛の美名のために誰かに監視されている可能性がないとは言えない。

スウは、デスクの電話機を手に取った。

「ここでできなきゃ、他でやるまでよ。見てなさい、そう簡単に尻尾つかませてなんてあげるもんですか」

うろ覚えの研究室の番号をプッシュしかけて、スウははっと気がついた。すべてのネットワークが盗聴されているのなら、管内電話も例外ではない。

あわてて、スウは受話器を戻した。こういう時にいちばん相談しやすいマリエッタおばさんは、今ＪＰＬにはいない。

「考えなさいスウ、なにかできるはずよ。いくらでも手はあるはずなんだから」

軍は、どの程度の範囲で監視態勢をしいているのだろうか。ＪＰＬ構内と、おそらくカリフォルニア工科大学内のネットワークはすべて押さえられているだろう。周辺住宅地にまで軍隊を繰り出しているから、示威半分として考えてもパサディナでうっかりした電話をかけるのは危険である。

「ここ以外に、探査衛星からのデータ解析できるところは……」

解析ソフトそれ自体は、大規模な設備を必要とするものではない。特別な事情でもない限り、ファイルサイズのコンピュータで用が足りる。そして、解析ソフトそのものはネット上からでも手に入れることができる。しかし、すべてが監視されているなら、ソフトのダウンロードも危険だと考えるべきだろう。

「そうすると、近所で、あらかじめそんなものを持っている人は……」

事務関係の連絡と友人とのたわいもないおしゃべりに返事をして、スウはデスクから立ち上がった。

研究棟から出る時と、ＪＰＬのゲートを出る時にまたＩＤカードの提示を求められた。そのたびにカードはスキャンされたから、スウの身分が確認されると同時に、一度出勤したにもかかわらずまた出ていったという事実も記録されたはずである。

あれこれ言い訳を考えていたのに、軍は出ていくスウにいちいち理由を訊ねなかった。

スウは、来た時と同じように軍用車両が目立つパサディナの町に自転車を乗り出した。


グリフィス天文台は、ロサンゼルスの街を見下ろすグリフィス公園にある。

第一次世界大戦の賠償としてドイツから引き渡された巨大な望遠鏡は、しかし、当時から文明の照明が溢れていたロサンゼルスの光害のために目立った業績をあげることができなかった。

グリフィス天文台がもっとも活躍したのは、太平洋戦争開始直後、真珠湾攻撃によりアメリカが参戦してのち、日本軍の奇襲攻撃を恐れたアメリカ西海岸に燈火管制が敷かれた時期だった。以後、天文台は天文学に対する最前線というより、市民に対する啓蒙《けいもう》のためにグリフィス公園のあるサンタモニカ山に建っている。

マリオやスウがＪＰＬに来た時に指導教官だった〝いただきアルバトロス〟ことアルバト

ロス・ジョーンズ博士は、グリフィス天文台を見上げるハリウッド大通り沿いのアパートに住んでいた。学生に物を教えるよりも経験させることによる教育を重視した老博士は、グリフィス公園内のワインディングロードを学生とレースする名物教授としても知られていた。

もちろん、違法な公道レースは市警察や航空警察の監視の目が弱まる深夜に限られる。スウの指導教官についていた退官間近のころでさえ、無謀な学生の賭けレースの挑戦を受け、そしてそのほとんどに勝利していた。レース後は、近所にある博士の自宅でどんちゃん騒ぎのパーティーが行なわれたから、一階がガレージになっている博士のアパートはみんな知っている。

ＪＰＬ最速のタイトルを保持したまま、博士は退官した。退官後はハワイに移住して優雅に星を眺めて暮らす、というのが口癖だったが、西海岸に雑事や仕事が残っているため、ジョーンズ博士は未だにハリウッド大通りのアパートに住んでいる。

ハリウッド大通りといっても、博士のアパートはウェスタンアヴェニューの外れ近く、映画館や観光客で賑わうハリウッドからは離れており、移民の多いあまり柄のよくないブロックにある。

「いるかなあ……」

どこまで来れば軍の監視から外れるかわからなかったので、スウは事前の連絡なしにジョーンズ博士のアパートに向かっていた。

「いてくれるといいんだけど……いなかったらどうしよう」

まさか尾行はつかないだろうと思ってはいたが、ちらちらと後ろを見ながらスウはハリウッド大通りに入った。

一階がもと自動車工場のガレージ、二階以上があまり素姓のよくない住人の多い集合住宅になっているぼろアパートは、英語表示よりもスペイン語表示が多いウェスタンアヴェニューにある。車上荒らしに狙われてタイヤも窓ガラスも残っていない路上駐車のハイブリッド車と、錆だらけで動けるのかどうかもわからない大昔のガソリン車が乱雑に並んでいるアヴェニューに入ると、グラインダーを高速回転させているような騒音が聞こえてきた。

「……いる……」

確信して、スウはアパートのガレージに自転車ごと乗り入れた。

外に停まっているのは動くのかどうかもわからないぼろ車とスクラップだけだが、一階のガレージには前世紀のガソリンレーサーやドラッグスター、ローターをたたんだヘリコプターやら翼を取り外したライトプレーンまで並んでいる。

裸電球で照らされた一画で、色眼鏡の老博士がエンジンのバルブらしい部品を眺めている。

「博士！」

ガレージが一時的に静かになっているのをいいことに、スウは声をあげた。

「ジョーンズ博士！」

めんどくさそうに色眼鏡を額に上げたアルバトロス・ジョーンズ博士が、スウを認めて手を上げた。

「おお、スーザン！　この前、持っていったコマンドデータは何かの役に立ったかね？」

メインスタンドのない自転車を工具ワゴンに立てかけて、スウは博士に駆け寄った。一応あたりを見まわして、ひまな学生やら周辺住人がいないのを確認する。

「立ちました！　おかげで、今、ＪＰＬが州軍《アーミー》に占拠されてます！」

「……なに？」

油染みだらけのつなぎの作業服の博士は、グラインダーのメインスイッチを停止させた。

「今朝から妙にヘリが飛んでいると思ったが、軍隊が出動しているのか？　パサディナに？」

「知らないんですか？」

言ってから、スウは気がついた。

「まさか、全然ニュースになってないんですか⁉」

「少なくともＣＮＮは何も言っとらんぞ」

博士は、ガレージの隅の棚に乗っている埃だらけのディスプレイに映し出されているニュース番組を指した。

「どこかで報道規制がかけられているのか？　なにが起きた、スーザン？」

「だから、博士が持ってけって言ったあのコマンドデータ！　あれ使ったら……」

「使えたのか？」

博士は驚いた顔でバルブをパーツケースに放り込んだ。

「で、弾いたのはどのプローブだ？　ディープ・スペースの九号か一三号か、それともヴォイジャーあたりが返事してくれたかね？」

「叩いてみたのは、国際標識番号が割り振られていない、軍用目的と思われる惑星軌道の探査衛星です。博士が言っていた、あのデータの中で一番の大物です」

「ＴＰＦか⁉」

博士は、スウが驚くような大声で応えた。

「五年前にモハビ砂漠から弾いたときには、キャンベラと野辺山に聞き耳を立ててもらったがなにも取れなかった。一昨年、裏ルートからアップデートファイルが廻ってきたときには試す機会がなかったが——そうか、使えたのか。何年前に打ち上げられたのかすら機密が解かれておらんが、そうか、ＴＰＦを弾いたのか」

ウエスで手を拭きながら、博士はスウに感慨深げに尋ねた。

「で、なにが見えた？」

「まだ解析してません」

スウは正直に応えた。

「うっかり確認するとやぶへびになりそうだから、ＪＰＬを制圧している州軍になにが起きたのかなんて聞いてませんけど、多分、軍はパサディナ周辺のすべての電話とデータのやり取りをモニターしてるはずなんで、うっかり他の研究室にデータを持ち込むわけにもいかなくて……」

「データは？」

「ここにあります」

スウは腰のポーチを軽く叩いてみせた。

「博士のところで分析できませんか？」

「専門家にまかせよう。ここにある設備と専門外技術者では、貴重な生データを破壊しかねん」

「あの、でも、ＪＰＬは今、軍に制圧されていて、で、たぶん他の研究所にも手が廻ってるんじゃないかと……」

「民間だな」

簡単に言って、ジョーンズ博士は星座盤を模した壁の古時計に目を走らせた。

「待ってろ、着替えてくる」

博士は、ガレージの壁から大小様々なキーが鎖でまとめられた鍵束をとってスウに渡した。

「エンジンを暖めておいてくれ。いつものシルバーアローだ」

「え、え、あの」

ずしりと重い鍵束を押しつけられたスウは、ガレージの片隅に身をひそめている低い流線型のクラシックなスポーツカーを見た。ベンツ３００ＳＬ。スペース・フレームの車体のために通常のドアが取りつけられなくなった銀色のスポーツカーは、カモメが両の翼を拡げるようなガルウィングのドアを持つ。〝いただきアルバトロス〟は、精密にコンディションを保たれたこの博物館級のクラシックスポーツカーで、ＪＰＬ最速の座を守り続けたのである。

「あ、あの、どうすれば？」

「なに？」

ガレージから作りつけの非常階段を上がりかけた博士は、思わずスウの顔を見直した。

「まだ車の免許をとっておらんのか⁉」

たとえ免許を持っていたとしても、車の自動化が進んだ昨今では、マニュアルシフトのフルガソリンエンジン車を始動できるかどうかわからない。

「すいません。いえ、あの、いろんなところから取れ取れとは言われてるんですが」

「ええい、そこで待っておれ。すぐに仕度して降りてくる！」

「あ、あの、どこに行くんですか！」

上から返事だけが返ってきた。

「マンハッタンビーチだ！　画像解析の専門家がいる！」

かつて、市井《しせい》の天文家といえば、自前の望遠鏡や対空双眼鏡で天体観測するもののことだった。

ロサンゼルス周辺は光が多いが、郊外の岩石砂漠地帯に出かけていけば澄んだ大空と街明かりのない観測場所を得ることができる。

公共の天文台は、その運用コストの高さと数の少なさから、成果を期待できる限られたエリアの観測しか行なえない。しかし、市井の天文家たちは、これといった目的なしにただ楽しみのために星空を観測することができる。

輸送コストが下がり、運用されるシステムの信頼性が上がって、軌道上天文台がいくつも運用できるようになると、アマチュア天文家の武器に軌道上望遠鏡が加わった。

中軌道から高軌道に配置された多数の軌道上天文台や望遠鏡の観測データは、特定の通信局めがけて降ってくる。しかし、衛星放送の区域外電波漏れ《スピル・オーバー》のように、軌道上からの観測データは受信手段さえあれば受け取ることができる。それらのデータを受け取り、最新の観測結果を自分で分析することは法律には違反しない。

最初、軌道上天文台からのデータを不当に受信するアマチュア天文家が出現したとき、国際天文学連合は控え目な形で不快感を表明した。しかし、観測データが生の形でネットで公開されるようになり、同じデータが世界各国の研究所で様々な方法で分析されるようになってくると、市井の天文家にも活躍の余地が出てきた。

軌道上天文台が増え、そこから提供されるデータが幾何級数的に増大するにつれ、アイピースの代わりにディスプレイを眺め、赤道儀の代わりにキーボードを操る電子天文家が出現した。そのうち何人かは、専門の天文学者を出し抜いて公開されたデータから新しい発見を行なった。

「うっわー……」

上昇した海面を要塞のような堤防で防ぎ、かろうじて太平洋の侵攻を食い止めているロサンゼルス、サンタモニカ湾。西海岸ではいまでも最大級の発着数で運用されているロサンゼルス国際空港から南下したマンハッタンビーチ沿いに、電子関係のジャンク屋、模型屋、機械部品屋などが集まっている一画がある。

「ここは……」

型遅れのジャンク部品やあやしげなルートのディスカウント品を扱うショップや、旧式車両、ジェットバイクの専門店、ソフトハウスなどがポルノショップやファストフード屋と並んでいる。趣味人でも業界人でも、かなりの重症患者でなければここまで来ない。スウも、友人に連れられて数えるほどしか来たことがない。

「この店だ」

その名もパシフィック・コースト・ハイウェイから裏道に折れた先に、言われなければ、錆つぶれた町工場がスクラップ置場に使っているとしか思えないようなブロックがあった。

びついたトレーラーや歪んだパラボラアンテナが重ねてある敷地は、よく整備された銀色のクラシックスポーツカーが入っていくには似つかわしくない。

その昔の工場を使っているらしい建物の周りに何本ものアンテナ・タワーが林立し、屋上には錆びついたパラボラアンテナが大小いくつも並んでいる。裏手にはさらに大きなパラボラアンテナが軽量な複合材料素地の色剝き出しのまま組み上げられていたが、あれは果たして稼動しているのだろうか。

「……なんですか、この店は？」

ガルウィングのドアを跳ね上げた博士は、ステアリングのロックを解除してハンドルを下向きに折り曲げ、狭い運転席に器用に折り畳んでいた長身を外にのばした。助手席のスウは、ドアも開けずに恐ろしげな視線で辺りを見まわしている。

「ほんとにこんなところに、西海岸一番の電子天文学者がいるんですか？」

「設備とスタッフに恵まれとるからＪＰＬ《うち》のサガンもよくやっとるが、センスならこいつが一番だ。フォーマットもわかっとらんデータなら、こいつに聞くのが一番早い。ミカエル！」

開け放したままのガルウィングドアから運転席に手を入れて、博士はベンツのホーンを鳴らした。特徴的なホーンがジャンクヤードに響き渡る。

「起きとらんのか、ミカエル！」

白い影が、工場の一階から出てきた。スウは、幽霊が現れたのかと思った。

白衣を着た、やせた無精髭がゆらゆらと手を振った。スウは思わずつぶやいた。

「……妖術使い……」

「やあ博士、ついにマクラーレンのカーボンモノコックシャーシが入りましたよ。これでエンジンと組み合わせれば、二〇世紀最強のスポーツカーを再現できます」

「おお、ついに発見したか！　エンジンはゴードンに連絡すればスペアを何基か隠しとるはずだ。いや、今日来たのはその話じゃない、来なさいスーザン！」

しかたなく、スウは300SLのガルウィングドアを跳ね上げて車から降り立った。

「紹介しよう、ミカエル・フェルナンデス。電子天文学の専門家だ。こちらはスーザン・フェイ・チョム、JPLの惑星間生物学者だ」

「初めまして、ドクター？」

色白の顔が誰に似ているのか思い出そうとしながら、スウは手を出した。

「いや、その手の称号は持っていない」

ミカエルは指の長い手でスウに握手を返した。

「JPLには、博士号をとるほど長居しなかったのでね」

「もう少し対外的な礼儀と根気というものを覚えろ。そうすれば博士号どころか、研究所だって手に入ったものを」

「めんどくさいから嫌です。車のことじゃないとすると、なにを持ってきたんですか？」

「解析してもらいたいデータがある」

博士はスウに合図した。スウはポーチの中からデータカードを取り出した。

「できるかね?」

「特殊なデータなんですか?」

「ひょっとしたら、ただのノイズかもしれん。あるいは、とんでもないものが写っている可能性もある。できるかね?」

ミカエルは、博士に意味ありげな笑みを浮かべた。

「JPLでは解析できないデータなんですね。いいでしょう、来てください」


外からは崩壊寸前に見えたレンガ造りの工場は、中に入ってみると意外に丈夫そうに見えた。太い鉄骨が縦横に組み合わされ、必要以上の強度で天井を支えている。

博士のアパートと同じような機械部品と工具に加え、大型の工作機械、作業台などがあり、一画には内側から高圧で膨《ふく》らまされた透明ポリマー製の作業室まである。クリーン・ルームらしい。

同じ階層の一画に、コードや電子部品がのたくっていた。大小取り混ぜた筐体や付属機器が組み合わされている。スウは、よく似たもう少し小規模なものをハードレイクで見たことがあった。

「フェルナンデス？……マリオ？」

「弟がなにか？」

「おとーと⁉」

スウは思わず声を上げた。

「てことは、マリオのお兄さんですか⁉」

「マリオの知り合いかい？　連絡がないから、元気だとは思うけど」

「す、す、スーザン・フェイ・チョムです」

スウは思わず緊張して自己紹介し直した。

「お、弟さんにはお世話になってます！」

「どうせまた余計な苦労させてるんだろう」

どこからか引っ張り出したぼろぼろのハーマン・ミラー製の椅子に腰掛けて、ミカエルはキーボードやディスプレイ、その他各種インターフェイスが手当たり次第に並べられているようにしか思えないコンソールに向かった。

「データは？」

「このシステムは、どこかにつながってます？」

スウは、いくつもの電子機器を組み合わせたらしいシステムが外部に何本のコードを走らせているか数えてみた。高速ネットワーク用のファイバーケーブル、低速用通信回線。そのうちいくつかは外のアンテナにつながっているのだろう。

「もちろん、つながっているが」

「外部からのクラッキングは、完全に排除できますか?」

ミカエルは、おだやかな笑みを浮かべた。

「そのつもりです。もしなにかの間違いで君のデータが外部に流出したとしても、それがここからでないことだけは、僕の名誉にかけて保証しましょう」

「このデータをあなたが見たという、それだけで罪に問われる可能性があります」

スウはジョーンズ博士を見た。博士は腕組みをしたままスウを止めない。

「わたしは、これが犯罪教唆にあたる可能性を承知しています。……ごめんなさい、余計なことかもしれないけど、こういうことをお願いする以上、説明できるだけの状況は説明すべきだと思うんです」

「ジョーンズ博士、なかなかおもしろいデータを持ってきてくれたようですね」

「内容について一切のヒントは出せない」

博士は低い声で言った。

「そのほうが君も楽しいだろう。もうひとつ、このデータをめぐる状況は、彼女の表現でも控え目かもしれない」

「それを受け取るだけでも罪になるかもしれないデータですか?」

ミカエルは楽しそうにスウに目を向けた。

「外部からそれを監視される可能性なら、ここにいるかぎり考えなくていい。僕が知るかぎり、ここのシステムに対してそれができる魔法使いはみんな体制側の人間じゃありません」

「……信じます」

スウは、ミカエルにメモリを渡した。ミカエルは、メモリをドライバーのスリットに放り込んだ。

「コピーしても大丈夫?」

「……解析終了後は、このシステムからすべて消去することをお薦《すす》めします」

「怖いデータだ」

冗談めかしながら、ミカエルは旧式なキーボードに指を滑らせた。マリオがよく使っているのはタッチセンサーだが、スウはその指の運びがよく似ているのに気がついた。

「このデータですね。加工させてもらうかもしれないから、コピーをもらいます。危険は、自分で責任を持つ」

大小合わせて一〇面以上あるディスプレイが、様々なパターンを映し出した。ドライバーからメモリが吐き出される。

「返しときましょう。大切なデータだ、失くさないように」

スウはメモリをポーチに戻した。ミカエルは再びキーボードに指を滑らせた。いくつかのディスプレイに、高速のパターンが流れる。

「……暗号化されている。ただのデータじゃありませんね。偵察衛星からの画像データかな」

ミカエルはあっさり言った。スウは黙っていた。ミカエルは滑るようなタッチでキーボードを叩いた。

「持ってきてもらったのがここでよかった。防空宇宙軍でよく使われているタイプDのランダムフォーマットだ。単純なものですけど自爆装置付きですから、カギを間違えるとデータごと消えてしまいます。なるほど、これなら罪に問われるかもしれない」

「解読できるかね？」

博士が聞いた。短いコマンドを打ち込んだミカエルは、椅子ごと回転して博士に振り向いた。

「このタイプのノイズフォーマットは、解読に莫大な処理計算能力《プロセッサー・パワー》を必要とします。ここだけなら、その解析には数日かかるでしょう」

「数日間か……」

博士はため息をついた。

「しかし、こんな時のために、仲間とコンピュータ・パワーを分散して有効利用するネットワークがあります。メンバーはすべて信用がおけるものばかりで、その使用は我々の良識に任されています。博士、これは共犯者を増やしてもいい問題ですか？」

「……わたしが主犯よ」

博士が口を開くより先に、スウが答えていた。

「ことが表沙汰になったら、司法省も裁判官も聞く耳持ってくれないかもしれないけど、でも、わたしが主犯よ。他の誰にも、これが犯罪だなんて言わせないわ」

「……君は確信犯だね」

ミカエルはコンソールに向き直った。

「しかも、目的のためには手段を選ばないタイプだ」

「……一番効果的な手段を選ぶように心掛けているつもりだけど」

口を尖らせて、スウは小さな声で抗議した。

「将来的にはともかく、今はこれはここだけの問題にしておきたかったのだが……」

博士はため息をついた。ミカエルは、ディスプレイに向いたまま応えた。

「ご心配なく、ネットワークのコンピュータに送られて処理されるのは部分的なデータでしかありません。それと、もうひとつ、ネットワークに参加しているコンピュータの中でもっとも高速なのは国防総省のものですよ」

「……君は、なにをやっているのだ」

「気の合う友人たちと楽しく遊んでいるだけです。実は、もうさっきから分散処理を開始しているんです。ほら、データが戻ってきた」

いくつかのディスプレイに、返答が戻ってきたことを示す表示が映し出された。全体の何パーセントの解読が終わったのか示す数字が刻一刻と上昇を始める。

「やはり、偵察衛星からの画像データですね」

いくつかのデータを読んだミカエルが言った。

「赤外線領域と可視領域、紫外線領域のデータだ。圧縮も何もされていないからこんな大きさになるけれども、そう珍しいものじゃない。未処理の生データなら、今こうしてる間にも地球に降ってきている。なにを写したんです?」

「自分の目で確かめるがいい」

博士が言った。

「実は、われわれもそこになにが写っているのか、まだ見ていないんだ」

「それを見るだけじゃなく、持っているだけでも罪に問われそうな画像データですか。一体なにが写っているのか楽しみだ。よほどすごいものが写っているんでしょうね」

システムのどこかでベルが澄んだ音を立てた。

「処理が終了しました。画像データを再構築します」

ミカエルは、キーボードに置いた指を止めた。

「せっかくだから、可視領域のデータを再生しましょう。軌道上から見たのと同じ映像が見られる」

それまで細かいデータを映し出していた正面の大型高精度ディスプレイの映像が、周辺にごっそりと逃げ出した。空いた描画領域に、黒い画面が出る。

最初、それは単なる黒い画面だった。その中央より少し上のところに、小さな青い光が写る。画像データが集積され、ぼんやりした青い光が丸くかたまり、ディテールを補強されて小さな青い、その表面に白い雲を張りつけた半地球——半月ではなく、半分だけ光を受けている地球の映像が映し出された。

ジョーンズ博士とスウは、声もなくその映像を見つめた。

「……なんですか、これは？」

ミカエルは、気の抜けた顔で二人に振り向いた。神聖な絵画でも見ているような二人の顔を見て、画像を見直す。

「地球……いや、地球じゃない。月が、ふたつある？」

言われて、スウは画像の中にもうふたつの小天体が写し出されているのに気がついた。

画像で左側からの光を受けて半分だけ輝いている青い惑星、その左側の外れ近くと右側の中ほどの漆黒の空間に、白っぽい半円と小さな赤い半円が確認できる。大きさは青い惑星の五分の一もない。しかし、画面上の三つ星が同一の軌道平面上に浮かんでいるのはわかる。

「……画像の中に、方向と距離を示すデータはあるかね？」

スウは、ジョーンズ博士のそんな声を初めて聞いた。

「おそらく、撮影時のデータも含まれていると思うのだが……」

今にも踊り出しそうな興奮に震える声で、ジョーンズ博士はかさねて訊いた。ミカエルはゆっくりとした指遣いで撮影データを呼び出した。

「赤経一時四二分、赤緯マイナス一六度一二分……」

ミカエルは、地球から見た星の位置を示す座標の数字を覚えていた。

「……くじら座、タウの座標ですか？」

「今まで、これより遙かに巨大なガス状巨大惑星《ガス・ジャイアント》でも、こんな鮮明な映像は見たことがなかった」

博士はつぶやいた。

「……この画像一枚と人生を引き換えにできる。そう考える奴は多いぞ……」

「それじゃ、まさか……」

他のデータをディスプレイ上に呼び出し、瞬時に読み取ったミカエルは、目の前のディスプレイに映し出された小さな青い惑星に目を戻した。

「これは、地球ではなく……」

「スーザン、ミカエル。私は無神論者だが、今、この場に居合わせた幸運を神に感謝する。これは、この星に住む人類が初めて発見した、太陽系外地球型惑星だ」

「これが……」

ミカエルは、ディスプレイに映し出された小さな青い惑星を見直した。その表面には真っ白な雲が張りついており、その下の地形を確認することができない。見えている映像から、それが地球でないと判断する理由は、奥に見えている二つの小さな衛星しかない。

「これが、太陽系外の惑星の映像だと？　博士はそうおっしゃるんですか？」

「……こんなきれいな絵、初めて見た……」

スウは大きなため息をついた。

「赤外線のデータもあるんでしょ。赤外線なら、雲の下や影で見えないところがどうなっているかわかるんじゃない？」

「……なるほど、これなら国家重要機密に指定されるわけだ」

ミカエルは、コンソールを操作した。画像データを青い惑星を中心とした拡大画像に切り換え、可視領域のデータを赤外線領域に切り換える。

赤外線センサーは、それが発する熱を捉える。通常、天体は惑星も恒星も可視領域の光よりも赤外線を多く発している。

恒星以外の星は、一般に自分から光を発することはない。しかし、絶対零度の星でもない限り、赤外線は放射する。そのため、赤外線領域の観測で得られるデータは多い。

ディスプレイの中央で拡大された星の画像が、処理された白黒画像に変化した。半円だった青い惑星が、白黒画像の中で球状のディテールを見せる。

ジョーンズ教授が呻《うめ》いた。

「海洋惑星だ……海と陸の割合はどうなっている？　地球よりも少し海が多いようだが、両極の低温部は凍っていることを示すのか？　だとすれば、赤道付近は生物の生存に適した環境である可能性が高いぞ」

「これは一面だけのデータです」

ミカエルは冷静にデータを処理している。

「裏のデータさえあればもっと確実な数字が出せますが、このデータで見るかぎりこの惑星の表面温度は両極部の二四〇度Kから赤道部分の三〇〇度K……」

絶対零度から数えた数字に、摂氏の零度にあたる二七三度を足して、スウは歓声を上げた。

「マイナス三〇度からプラス三〇度！　地球と一緒だわ！」

「しかも、この映像で見るかぎり両極部分に極冠が見える。母星に対する自転角はわからないが、上下の低温部分がかなりいびつだから、おそらく適当に傾斜していると思っていい。博士、この星には四季もありますね」

「この映像データだけでは断定はできんが、小なりといえども月を持っているなら潮の満ち引きもあるだろう。二つの月がどんな干満の潮汐現象を起こしているかまではわからんが、この星には生命が発生する条件は完全に揃っている」

「それも、地球型生命が……」

スウは夢見るようにつぶやいた。

「陸地の形が地球とは似ても似つかない。この画像データで見るかぎり、昼の側に群島らしきものと、夜の側に大きな大陸が見える」

「……もし、プレートテクトニクスがこの惑星にも適用できるのなら、おそらくまだ若い惑星なのだろう。かつて地球の陸地がパンゲア超大陸ひとつしかなかったように、この惑星でもまだ大陸の分化が進んでいないのかもしれない」

「罪に問われるといった意味がわかりました」

ミカエルは、スウに振り返った。

「この画像データ一枚を我々が見ただけで、これだけの情報を得ることができる。しかも、生命発生の可能性すら指摘できる」

「地球を見たことがあれば、誰だってあそこになにかがいるってわかるわ。これを見ることがいけないいんなら、これを隠しておくなんて人類に対する犯罪よ！」

「よくこんなデータを持ち出せましたね。北米防空司令部《NORAD》か、国防総省《ペンタゴン》の軍用ネットへの侵入に成功したんですか？」

「いや……」

ジョーンズ博士はスウに優しい視線を向けた。

「ディープスペース・ネットワークで、木星の公転軌道上の地球型惑星発見衛星を直接弾いたらしい。この業界で学者を続けていくために重要な資質に運の良さがあるが、スーザン、君は極めつけだな」

「協力者に恵まれたんです」

頬を上気させて、スウは応えた。

「外部からJPLのミッションコントロールにハッキングして、ディープスペース・ネットワークを操ったんです。もっとも、マドリッドのステーションをコマンドの送り出しに使っただけで、受信は自前の設備を使いました」

「ほお？」

「協力者は、二人とも知っている人です。ハードレイクの、マリオ・フェルナンデス」

「あの悪ガキか！」

博士は声を上げて笑い出した。

「〝サンダーボルト〟スウに車椅子の悪ガキなら、最近一〇年で最強のコンビだ。まさか君たちが組んでいるとは思わなかった」

「コンビでもありませんし、組んでもいません！」

「まずいな……」

暗い顔で、ミカエルがぼそっとつぶやいた。

「なにがです？」

「地球型惑星発見衛星が軍の管理下にあるのなら、そして、衛星が何者かによるコマンドによって操られたことに気がついているなら、まず、ディープスペース・ネットワークを管理しているJPLに乗り込んでくる」

「ああ、それはもう来てます」

スウはあっさり答えた。

「でも、マリオはJPLのシステムを調査されたくらいでばれる足跡を残すような初心者じゃありません」

「もし、ディープスペース・ネットワークが肝心のデータを受け取っていないことに気がついたら、次に軍が調べるのは木星軌道から送られてくる微弱なデータを受け取れるだけの設備を持っているステーションだ」

「数は多いぞ」

ジョーンズ博士が口をはさんだ。

「高性能なものなら二五メートル鏡でも受信は可能だろうが、そのクラスのアンテナを持っているステーションは多い」

「数は問題じゃありません。問題は使用条件です。衛星側のデータは運用側にすべて流れているでしょうから、地球に向かってこのデータを送信していた日付も時刻もわかっている。特定の時間に木星軌道上からの信号を受信できる条件を満たすステーションはそちらを向いている地球の半分だけ、受信の時間が長いから実際にはもっと絞り込めるでしょう。その時間帯に受信可能域にあるすべてのステーションの稼動状況は、調べるだけならネットでもできる。すべてに調査と監視のための別働隊を送るのは、軍にとって難しいことじゃない」

「マリオはそんな間抜けじゃありません！」

「そう、幸いなことに間抜けじゃない」

ミカエルは認めた。

「だが、やり方はスマートじゃないし、詰めも甘い。最近は知らないが、少しは物事をエレガントに片付けるようになったのかい？」

「……学生のころよりは、はるかにマシになりました」

ミカエルを正面から見つめながら、スウは低い声でマリオを弁護した。

「今は西海岸一のミッションディレクターです！」

「そりゃ頼もしい。だが、彼は今のこちらの状況を承知しているのか？」

「マリオ……しまった！　急がなきゃ！」

マリオは、ＪＰＬがすでに軍の制圧下にあることを知らない。もし、昨日の夜のことをうっかり連絡してきたら、それは軍に盗聴される可能性がある。

「朝まで付き合わせたから、しばらくは大丈夫だとは思うけど……」

「朝までとはまた大胆だな」

「そういう意味じゃありません！　ええと、連絡取ったほうがいいかな。パサディナにいるときは、うっかり連絡取ったらモニターされてると思ったから、なにも言ってないんです」

「賢明だね。表立っては動いていないだろうが、受信に適したアンテナを持つ通信局はすべて軍がモニターしていると思って間違いない」

「……大丈夫かしら、マリオ」

スウは、軍が目をつけそうな通信局がいくつあるのか考えてみた。

ハードドレイクは間違いなく条件に合致する。マリオが使用状況を偽装したか、代わりのミッションをでっち上げたか、そこまでは把握していない。大量のデータが流出しており、なおかつ衛星側の事情で通信速度が限られるとなれば、すべてのデータを受信できるステーションがある位置は緯度と経度で簡単に限定することができる。可能性のあるすべてのステーションに人員を送るのは、あっという間にJPLを制圧できる軍には造作もないことである。

「自分がどれだけ危険な行為をしているか自覚していれば大丈夫なんだが、弟は昔から自分のことには鈍感だった。あれで自分のリスク管理さえできれば、もう少しまともな仕事ができるはずなんだが……」

「自分の立場に鈍感なのは君も同じだろう」

ジョーンズ博士が言った。

「とにかく、マリオに忠告しておいたほうがいいな。もしハードドレイクも軍の監視下にあるとすれば、うっかりした連絡の方法はとれないが……」

「メールを打っておきましょう」

ミカエルは自分のシステムに向き直った。

「文面を工夫すれば、軍にモニターされても通常のメールにまぎれることができる。あとは、彼の技量《スキル》に期待するしかない」

ミカエルは旧式な大型カメラを取り出した。大型のレンズ面をスウに向ける。

「……え？」

反射的にポーズなんかとってみたスウは、きょとんとしてミカエルを見た。

「ガールフレンドの写真を送ろう。魅力的なポーズを頼むよ」

「は、いいですけど……」

とりあえず顔の両側に手を添えて、スウは目をぱっちりと開いたままのアイドル笑いを浮かべた。

「こ、こんな感じでいいかしら？」

「ああ、いいねえ、上出来じょうでき」

ミカエルはスウの写真をディスプレイ上に映し出した。よそ行き顔で写ったつもりだったスウは、うげえと情けない声を出した。

「わー、恥ずかしー……あいつにこんな写真送ったら馬鹿にされるだけだわ、撮りなおしてもらえません？」

「いいカムフラージュになる。こんな画像が添付されていれば、誰かにモニターされてもまさか重要な警告だとは思わないだろう」

さらさらと適当な文章を添えて、ミカエルはマリオ宛にメールを送り出した。

「さて、弟にはあとの責任は自分で取ってもらうとして、これからの展開はどうします？」

「……ここからなら、どこにでもメッセージ送れますよね」

スウは、ミカエルがカメラを置いた棚にある、旧式とはいえ現在も使っているらしいデジタルビデオカメラに気がついた。

「さっきの画像に説明のメッセージを添えて、世界中のニュースネットに送ったらどうかしら？」

スウはジョーンズ博士とミカエルの顔を見た。

「どうです？　公開されれば、軍部だって政府だってこの写真を隠しておく意味がなくなるわ」

「ここで？」

ミカエルは、電子部品と機械部品が雑多に転がる古工場の一階を見まわした。

「君が？」

「……ここだと場所がばれるかもしれないから、どこか外、適当なところで……」

スウは自信なさそうに言った。

「……まずい、ですか?」

「うまい手とは言えないな」

ミカエルは首を振った。

「あの画像が本物だとしても、出どころがわからなければどのニュースチャンネルも本気にはしてくれないだろう。三面記事専門のタブロイドなら、一面に使ってくれるかもしれないが」

「本物です!」

スウは叫んだ。

「添付データを見ればわかるわ、あれは正真正銘、一二光年離れた地球型惑星の画像よ!」

「チャンネルのエディターやディレクターはそんなところまで見ない。大体、この程度の画像は、合成しようと思えばいくらでも作れるし、データを書き加えるのはそれより簡単だ。出どころを隠した画像データじゃ、誰も本気にしてくれない。おそらく、軍にすら黙殺されるんじゃないのかな?」

「そんな……」

「ミカエルの言うとおりだ」

博士がうなずいた。

「なあスーザン、君は自分がどこで仕事をしているのか忘れているのじゃないかね？」

「ＪＰＬ……ジェット推進研究所、ですか？」

首を傾げながら、スウは答えた。

「そのとおりだ」

博士の自信に満ちた顔を見て、スウは思い当たった。

「まさか、ＪＰＬでこれを発表しろと!?」

「昔から、惑星に関する重要な発表はＪＰＬで行なわれている。これこそ、あそこで発表されるべきニュースだ。そうは思わないかね、スーザン、ミカエル？」

「それは……そうですけど……」

「なるほど、さすがジョーンズ博士だ」

「だって博士！」

思わずスウは叫んだ。

「今、ＪＰＬがどんな状況になっているか、説明しました！　あそこでこんなもの発表しようって言ったって、潰されるに決まってます！」

「ぼくはそうは思わない」

スウは静かな声で言ったミカエルに振り向いた。

「これは、最高度の国家重要機密だ。だとすれば、出動している軍隊に機密のなんたるかなど、教えられていない可能性の方が高い。それを承知しているのは、軍と一緒に入り込んでいる情報部の、おそらくほんの一部の人間だけのはずだ。しかも、その意味を理解しているものはいないかもしれない。だとすれば、逆に軍に警備を頼んで、安全に記者会見を行なえるかもしれない」

「……フォン・カルマン講堂を押さえる必要があるな」

ジェット推進研究所創世期の流体力学に大きな功績のあった教授の名前を冠した講堂は、JPLが行なう発表の記者会見に使われる。

「マリエッタに連絡をとろう。彼女なら、二時間ですべての手筈《てはず》を整えてくれる」

言ってから、ジョーンズ博士はしまったというように舌打ちした。

「まだJPLは軍の制圧下にあるんだったな。うっかり連絡を取ったら、どんな計画も筒抜けか……」

「いえ……」

スウは、JPL到着寸前にパサディナの住宅地ですれ違ったジェイムスン教授のサイドカーを思い出した。

「マリエッタおばさんは、州軍の司令部に抗議に出かけました。ひょっとしたら、まだいるかも……」

「州軍司令部だね」

ミカエルは、システムの片隅からいまどきダイヤル式の骨董品《こっとうひん》のような電話の受話器を取り上げた。

「探して、呼び出してみましょう。この回線なら念入りに仕掛けしてますから、逆探知される心配はありません」

「頼む。さて、スーザン、発表レポートを作るのに何分かかる?」

「レ、レポートですかあ!?」

ジョーンズ博士のレポート指導は、JPLの七大恐怖の一つとして学生や研究生に恐れられていた。ひとりひとりに対する個人指導で、容赦なく弱点やあいまいな点を突かれるのである。結果として、ジョーンズ博士にA評価をもらった学生は雨の夜の星の数ほどしかいないといわれている。

「なんの……え、この惑星に関するレポートですか?」

「君が主犯なら、これは君の仕事だ」

博士は、ディスプレイに映し出されている青い惑星をまぶしそうに見た。

「記者発表には、発表文が必要だ。君が、それを書くんだ」

「博士、州軍連隊司令部につながりました。どうぞ」

ミカエルが、博士に受話器を渡した。

「さて、少しお手伝いしましょうか」

ミカエルは、自分のシステムのコンソールに向いた。ディスプレイに映し出されている青い惑星の画像を見ていたスウが、ミカエルに向き直る。

「あたし……ですか？」

「ぼくが君のレポートを手伝っても、博士は喜ばないよ。ぼくができるのは、ＪＰＬに潜り込んでいる軍の目をそらすこと、くらいかな？」

ドラッグストアにジュースを買いに行くように簡単に言ったミカエルに、スウは目を剝いた。

「一体、どうやって⁉」

「軍は、ディープスペース・ネットワークがＪＰＬから使用されたと思ってパサディナに出動したんだろう。だったら、もしＪＰＬを介さずに七〇メートル鏡を操ったらどうなるかな？」

「危険です！」

スウは力一杯首を振った。

「軍が制圧してるのはパサディナだけじゃない。たぶんモハビ砂漠の通信ステーションにも、キャンベラにも、マドリッドのステーションにだって出動してるはずよ。相手が監視しているのを承知でのこのこ出かけていったら……」

それは、自ら口を開いた罠の中に飛び込んでいくような行為である。

「だからこそ、いい陽動になる」

ミカエルはすでにキーボードに指を走らせ始めていた。

「どこからディープスペース・ネットワークに潜り込ませるのがいいかな。こういう時の定番は国防総省か北米防空司令部なんだが……」

楽しそうにキーボードに指を走らせているミカエルを見て、スウはため息をついた。

「……やっぱ兄弟だわ」

「よし、やっぱりアナハイムだ。ディズニーランドからにしよう。あそこなら、JPLに出動した州軍を向かわせることもできる」

「……ええと、レポート、発表文を書かなきゃ」

あとのことは博士とミカエルにまかせて、ディスプレイの青い惑星を見た。

「……なんて言えばいいの、こんなこと……」


JPLに出動した州軍、第四〇機械化歩兵連隊の司令部は、ロングビーチ、ロス・アラミトスのヨークタウン・アヴェニューにある。

ジェイムスン教授の運転によるサイドカーで連隊司令部に直接乗りつけたジョシュエ・マリエッタは、受付の兵隊に来意を告げた直後、たらいまわしにされる危険を回避するために、直接、第四〇機械化歩兵連隊司令官であるライン・ガーンズバック将軍の司令官室に乗り込んだ。

ところが、ガーンズバック将軍は重要会議中とかで司令官室に不在だった。

古参の広報官を問い詰めて数百回目だかの定例会議が実際に会議室で行なわれており、そこにガーンズバック将軍その人が出席しているのを確認したマリエッタは、そのまま会議室の外で終了を待った。

予定よりずいぶん遅れて終了した会議の後、出てきた将軍を捕まえたマリエッタは、直接抗議に出た。

当然、その場で話がまとまるわけもなく、ガーンズバックとマリエッタは司令官室に移動して交渉を続けた。

「先程から説明しているとおり、ＪＰＬが管理するディープスペース・ネットワークが重要な国家機密に関わる犯罪に使われた形跡があるのです」

通常の制服であるサービスドレスの将軍は、マリエッタに同じ説明を辛抱強く繰り返していた。

「我々は、外部から害意のある何者かがＪＰＬに侵入し、そこからディープスペース・ネットワークを操ったものと考えております。今回のＪＰＬに対する出動は、したがって幾度も申し上げておりますとおり、決してあなたがたの学術研究を束縛するものでも制限するものでもない。出動した士官たちにも、ＪＰＬの日常業務を妨害しないように伝えてあります。

具体的に、我々の出動によりなにか支障が発生しているのですか？」

「支障だらけです！」

マリエッタは、デスクの向こうの将軍に厳しい口調で言った。

「出勤してからゲートをくぐって研究室に入るまでに、何回チェックや職務質問をされればいいと思ってるんですか！　おまけに、ビルからビルに移動するだけでもあれこれ聞かれて、我がＪＰＬの日常業務は大いなる支障を受けております！」

「それは、我が合衆国を守るための我々の任務として理解し、協力していただきたい。よろしいですか、我々としても我が国の学術研究の最先端を行くＪＰＬの日常業務を妨害することは本意ではない。そして、それを守りたいと思っているのです」

マリエッタはおおげさなため息をついた。

「それで、外宇宙に向けたディープスペース・ネットワークを使って、一体、なにが起きたんです？」

それは、二人が司令官室に入ってからもう何度目かの質問だった。短い沈黙の後、将軍は口を開いた。

「国家機密に関わる質問です。わたしには答えられません」

マリエッタは、将軍をじっと見つめた。

「……そろそろ、本音で話し合う時期だと思いません？」

「わたしたちに本音も建前もない。民主主義と合衆国市民を守る以外に、どんな本音があるというのです？」

「もし、失礼なことを言ったらごめんなさい。あなたが、それに対してイエスともノーとも答えられなくても結構です。ＪＰＬの広報担当が連隊司令部に乗り込んでたわごとを吐《ぬ》かしていると聞き流してください。今回の出動命令は、少なくとも、州軍の総司令である州知事から出たものじゃないんじゃありません？」

「……お答えしかねますな」

将軍は型通りに答えた。承知しているように、マリエッタは続けた。

「ディープスペース・ネットワークは、外宇宙に向けたネットワークです。そりゃまあ、月軌道までの地球圏でも充分に役に立ちますけど、それが本領を発揮するのは、惑星間宇宙、地球をはるかに離れたなにもない宇宙空間での話です。もし、それが今回の出動の原因なら、それを命じたのは……」

ちょっと眉を上げて、マリエッタは冗談を言うように口元をゆるめた。

「新参者の、宇宙軍じゃありませんの？」

「……お答えしかねますな」

ため息混じりの苦笑いで、ガーンズバック将軍はそれに答えた。

「しかも、あなたがた州軍はＪＰＬを制圧するように命令を受けただけで、具体的になにが起きているのか知らされていない。そうじゃありませんの？」

「歴史と伝統ある我が連隊も、新しい領域のために創設された宇宙軍も、同じ合衆国軍です」

将軍はお題目のように唱えた。

「同じ目的のために協力することは、当然です」

将軍とマリエッタの間に、沈黙が流れた。

突然、磨き抜かれたマホガニーの上のインターホンが鳴った。

「失礼」

インターホンに手を伸ばして、将軍は受信ボタンを押した。

「ガーンズバックだ。今重要な話し合いの最中だが」

『申し訳ありません、お話し中の、ジョシュエ・マリエッタ氏に緊急の連絡が入っております』

インターホンの声は、部屋にいるものには聞こえる。ガーンズバック将軍は、デスクの前の椅子に座っているマリエッタに顔を上げた。

「わかった。こちらの電話につないでくれ」

デスクの引き出しを開いて、束の間待った将軍はベルが鳴ると同時にそこから受話器を取り出した。

「ガーンズバック将軍だ。……うむ、今替わる。少し待ってくれ」

将軍は、マリエッタに受話器を差し出した。

「アルバトロス・ジョーンズ博士から電話です」

「ありがとうございます」

マリエッタは、ずっしりと重いワイヤードの受話器を受け取った。受話器を見て、ふと思いついて将軍に顔を上げる。

「この電話も、どこかで盗聴されていますの？」

将軍はにやりと笑った。長いカールコードがつながっている引き出しの中に指を走らせる。

「司令官室への直通電話《ホットライン》です。誰もそんな不届きな真似はできませんよ」

「信用していいのかしら？」

マリエッタは電話に出た。

「はい、マリエッタです。……アル⁉　どうしたのよこんな時に。よくわたしがこんなところにいるってわかったわね……」

マリエッタが話し始めると同時に、再びインターホンの呼び出し音が鳴った。将軍は受信ボタンを押した。

「今度はなんだ？」

『司令本部から緊急連絡です』

将軍は、電話を使っているマリエッタに顔を上げた。

「わかった、隣で受ける。ちょっと失礼する」

将軍は、部屋から出ていった。電話相手に何事か話しているうちに、マリエッタの顔が目に見えて緊張してきた。

「……本当？　信用していいのね、わかった。フォン・カルマン講堂の今日の予定はすべてキャンセルします。ニュースチャンネルの記者とレポーターにはこっちから声をかけられるわ。二時間ですべての用意を整えます。スウはそこにいるの？　替わってちょうだい」

マリエッタは、誰もいなくなった司令官室を見まわした。

「スウ？　話は聞いたわ。素晴らしい宝の山を掘りあてたわね。だけど、このままだと、それはまたすぐにどっかに埋められてしまうわ。だから、必ず二時間後にはパサディナに戻ってきて。絶対に捕まらないで。ええ、間に合うように戻ってきてくれれば大丈夫。アルに、絶対安全運転で、って伝えてちょうだい。交通違反もなにもなしよ、あなたたち二人が、その手に持っているものがどれだけ大切なものか考えて」

将軍が部屋に戻ってきた。マリエッタは口調を変えた。

「わかりました。じゃあ、あとでまた」

受話器を離して将軍に向き直る。

「ありがとうございました。この電話はどこに戻せば？」

「戻しておこう」

デスクに戻った将軍が受話器を受け取った。

次に口を開いたのは、二人が同時だった。

「状況が変わりました」「状況が変化した」

将軍とマリエッタは、互いの顔を見つめ直した。次に口を開いたのはマリエッタが先だった。

「そちらからどうぞ」

「……北米防空司令部から緊急連絡が入った。また、ディープスペース・ネットワークに何者かが侵入を企んだらしい。今度は、どこからだと思います?」

「……グリフィス天文台ですか?」

マリエッタはロサンゼルス周辺で天文関係で有名な施設を頭の中に列挙して、そのリストの最初に出てきた名前を口にしてみた。

「でなければ、ヴァンデンバーグ空軍基地ですか?」

「ディズニーランドだそうです」

将軍はマリエッタに両手を挙げてみせた。

「JPLの次はディズニーランドを閉鎖しろ? 一体、ワシントンはなにを考えているのだ」

「あら……」

マリエッタは残念そうな顔をした。

「そういうわけで、そちらの希望に従えるようです。我々は大至急、パサディナに出動させた連隊をアナハイムに移動させなくてはならない」

「重要な記者発表を行なわなくてはならなくなりましたの」

マリエッタは将軍に右手を出した。

「せっかく連隊の方がいらっしゃるのなら、会場を警護していただけるかと思いましたのに」

「どうやら状況の急変というやつがあったらしい。そちらの希望に添えなくて残念です。……重要な記者会見、ですか？」

「テレビかネットでご覧になってください」

マリエッタはにっこりと微笑んだ。

「きっと、歴史に残る記者発表になりますわよ」


そろそろランチタイムが終わろうかという時間に、仮眠をとっていたマリオはオフィスに上がってきた。

「おはよう、今日はずいぶんお寝坊さんね」

「夜明けまでスウに付き合わされてましたんで」

タイプライターを打つ手を止めたミス・モレタニアは、わざとらしく驚いた顔をして見せた。

「あら大胆」

「そういう意味じゃありません！ ったく、どこをどう考えればそういう発想になるんだ」

ぶつくさいいながら、車椅子を滑らせたマリオは稼動させっぱなしの自分の電子の要塞の操作位置に入った。

世界中と軌道上から送られてくる定時連絡や業務連絡、メールをまとめてチェックする。

数秒後、まるでカエルが潰されるようなうじゃくれた悲鳴がオフィスに響いた。

「ど、どおしたのマリオ!?」

あわててデスクから立ち上がったモレタニアが電子の要塞に駆けてくる。

「な、なんでもありません、ちょっと精神的なクリティカル・ヒットを食らいまして……」

車椅子からずり落ちかけていたマリオが、両腕をアームレストにかけて体勢を立て直す。

「なんで兄貴からメールが来てるんだ、せっかく最近没交渉だったのに。なんかあのひとの気に障るようなことしたっけか……」

他に緊急を要するメールがなさそうなのを確認して、恐るおそるメールを開いてみる。

「……ぎゃあ!」

いきなり数面のディスプレイに同時に、ぱっちりお目々でアイドル笑いのスウのアップが華開いた。

「あらまあ、ずいぶん情熱的ねえ」

車椅子の後ろに立っていたミス・モレタニアが呆れ顔でデスクに戻っていく。

「違います！　誤解しないでください、差出人はスウじゃないんだから！」

「はいはい、若いもんはいいわねえ、あんまり失礼なことするんじゃありませんよ」

「違うっつってるのに……」

説明する気力もなく、マリオは添付されているメールを開いた。

「なになに、可愛いマリオへ。ガールフレンドは預かった、返してほしくば星に願いをかけながらわたしを月に連れてって、さもなくば帝国軍は飛ぶ教室を占拠するであろう。007に御用心……？」

マリオはディスプレイ上に映し出されたスウの顔に囲まれてキーボードに突っ伏した。システム上にエラー音が鳴り渡る。

「三年ぶりの連絡がこれかー⁉」

やがて、マリオはのろのろと顔を上げた。

「あの兄貴がこれだけで済ますはずがない、なにを仕掛けてどうしたんだ……スウ？」

隠しデータやウィルスが紛れ込んでいないかどうかチェックしながら、マリオは、スウのアップの写真の後ろに見覚えのある顔があるのに気がついた。念のためにカーソルを合わせて拡大修正して確認する。

「〝いただきアルバトロス〟だ……」

それも、満面の笑みをたたえている。学生が持ち込んだ最新型のハイブリッドスポーツカーに旧式なベンツで勝ったときでも、こんな笑顔は見たことがない。

「スウがジョーンズ博士と一緒にいるのか？　なんで兄貴のところに……」

マリオは、ずっと会っていなかった兄が、どこでなにをしているのか思い出した。

「スウの奴、観測データを兄貴のところに持ち込んだのか？　ジョーンズ博士が一緒なのに、なんでＪＰＬで解析しなかったんだ？」

マリオは考えた。あの兄がわざわざこんなメールを送ってくるには、それ相応の理由があるはずである。

「ＪＰＬで解析できない理由があった？　どんな理由だ？　帝国軍？　００７？」

「帰ったぜえ」

ヘルメットとフライトバッグを提げたハードレイク最古参の黒人パイロット、ガルビオ・ガルベスがオフィスに入ってきた。

「ああ、お帰りなさい」「お帰んなさーい」

ミス・モレタニアと、マリオが声を揃えて迎える。モレタニアがバッグとヘルメットを受け取った。

「ヒューストンはどうでした？」

「あいかわらず暑いのなんの。よくもあんな重苦しい環境でこんなデリケートな産業続けてるもんだ。票集めのためとはいえ、ジョンソン大統領も罪なことしたもんよ」

「お茶淹れましょうか？」

「おう、頼む。それが楽しみでここに戻ってきたようなもんだ」

「……ガルベス！」

兄からの通信文を目の前にしたまま、マリオは声を上げた。

「おう、どうした？」

「ガルベス、昔の映画には詳しかったですよねえ？」

「詳しいってほどじゃねえが、基礎教養くらいなら……」

「帝国軍て、なんのことです？」

「そりゃおめえ、帝国軍ていえば、昔っから……なんの話だ？」

「あーっ来なくていい！　来なくて大丈夫ですから！」

「なにがどうした？」

フライトスーツのまま大股にオフィスを横切ってきたガルベスは、あわてて両手を広げてディスプレイの映像を隠そうとしたマリオの電子の要塞の前で立ち止まった。

「……こりゃおめえ……」

いくつもあるディスプレイに映し出された、うれしそうなスウのどアップを見て、ガルベスは首を振った。

「いくらなんでも、やりすぎってやつじゃないのか？」

「違います！　ぼくがやったんじゃありません！」

「あー、言い訳はいい。で、帝国軍だと？　なにがどうしたって？」

「兄からのメールなんですが、なぞなぞみたいで……」

説明をあきらめて、マリオはディスプレイに映し出された通信文をガルベスに示した。

「……なんだこりゃ？　おめえの兄貴ってのは、詩人かコピーライターか？」

「両方違います。昔っから映画マニアで、だからたぶん映画に引っかけてあるんだと思いますが」

「帝国軍と言えば、昔っから帝国軍だ。徒党を組んで悪さする連中と決まっている。スター・ウォーズを知らんのか？」

「昔の映画ですよね……」

考え込みながら、マリオはディスプレイの文面を読み直した。ガルベスはがっかりして首を振る。

「あの映画は基礎教養だと思っとるんだがなあ、最近の若いもんはスタートレックだアニメーションだと、こむずかしいものばかり喜びおる」

「007ってのはなんです？」

「なんだ、007も知らんのか。スパイアクションのシリーズだ。後半の派手な展開もいいが、資金がない代わりにアイディアで勝負した初期の出来は絶品だぞ」

「今度見てみます。てことは……」

聞いた単語の意味を手がかりに、マリオは文面を読み直した。

「悪い軍隊が、飛ぶ教室を占拠する？　兄貴また妙なゲームにはまってるのかなあ。007に御用心、スパイがいるってことか？」

「そういや妙な機体がいたぞ」

ガルベスは、窓の外に目をやった。

「新型のコブラ・ウィスパーが上空待機してた。なんかやったのか、マリオ？」

「コブラ・ウィスパー!?　空軍の電子偵察機ですか？」

空軍には、電子情報を専門に集める特殊な偵察機がある。輸送機を利用し、アンテナを山ほど装備し、データの受信と解析のために機内に電子装備を詰め込んだ特殊用途機で、その装備金額は空軍でもっとも高価と言われる。

データリンクの傍受や、新型ミサイルの発射実験のモニター、仮装敵国に対する電子的偵察など、投入される任務は地味だが、数が少ない上に特別な仕事にしか出てこないので見る機会も少ない。

「ただのC－17ジェット輸送機《グローブマスター》じゃなくて？」

「ただのC－17ジェット輸送機が、あんな下唇ふくらませてごてごて化粧してるもんかい。

知り合いでも乗ってないかと思って呼びかけてみたが、だんまりだ。あとで管制塔に行けば飛行記録くらいあるだろうよ」

ガルベスは、辺りをはばかるように声のトーンを落とした。

「黙っててやるから教えろ。一体なにをしでかした？」

「……ちょいと、国家機密に手を出しまして」

帝国軍が国軍のことだとすれば、簡単に解釈できる。マリオは、兄からの遠まわしのメールの文面を理解した。

「飛ぶ教室はジェット推進研究所のことだとして、それが占拠される？」

マリオは、スウの笑顔が映し出されていた数面のディスプレイを、すべてニュースネットに切り換えた。ロサンゼルスのローカル・エリア・ニュースチャンネルを廻してみる。

新作映画の公開に徹夜の行列、フリーマーケットの開催、大気汚染濃度の改善に太平洋側の海面の上昇に伴う堤防の改築、昼過ぎという時間がいけないのか、ろくなニュースをやっていない。

「ただの国家機密で、コブラ・ウィスパーみたいな特殊戦機が飛んでくるもんかい。半径五〇マイルにあんなものがいたら、うっかり内緒話もできねえぞ」

はっと気がついて、マリオはコンソールに指を走らせた。通信ネットワークに、モニタープログラムを走らせる。

「……やべ」

あっという間に戻ってきたモニターのレポートは、マリオの電子の要塞を含むスペース・プランニングのシステムに数度にわたる外部からの侵入が試みられたことが克明に記されていた。

スペース・プランニングの電子作業の要ともいえるマリオの電子の要塞は執拗な防火壁《ファイア・ウォール》が張り巡らされ、そう簡単には侵入できない。長期にわたってマリオがシステムに触れないのなら話は別だが、終業時間から始業時間まで持ちこたえることはできる。

しかし、表向き会社がメインで使っているシステムは、それほど念入りな防御が施されているわけではない。

ハードレイクは、業界内では例外的と言えるほどしっかりとしたセキュリティファイア・ウォールを構築しているが、それはマリオをはじめとする関連スタッフの努力により、日夜にわたるボランティア的な維持運用で保っているものである。

外部からスペース・プランニングのシステムに侵入を図ったのは、自動的に定められたポイントに手持ちのツールで侵入を試み続ける、クラッキング・ロボットだった。

「どうした？」

マリオの表情を見て、ガルベスが不審そうに聞いた。

「ぼくが寝ている間に、会社のシステムに侵入を図ったものがいます。いくつか記録を荒らされた可能性がありますが、大丈夫、すべてぼくの方にバックアップがありますから。だけど、たぶんこいつ、ここだけじゃなくてハードレイクのすべてのシステムに侵入してるぞ」

スペース・プランニング以外に標的にされる可能性があるのは、オービタルコマンドのシステム、それからハードレイク空港そのもののシステムである。他にも事務所や業者がいくつも入っているが、いずれもコンピュータひとつか、ペーパーカンパニーによってはひとつのコンピュータを数社で共同使用したりしているから、規模としては大したことにならない。

ウィルスチェック、ステルスチェックをかけながら、マリオはハードレイクのどこかに見つかると困るようないたずらの跡が残っているかどうか考えてみた。

どこでどんな事態に出くわすかわからないから、なにかやった場合は、状況が終了すると同時にすべての足跡を消している。それはほとんど習慣のようなもので、必要な後始末を後まわしにしたことはない。少なくともやり残しは見つからない、と確信してから、マリオは誰がなんの目的でハードレイクに侵入しようとしているのか考えた。

「……コブラ・ウィスパーってのは、空軍の飛行機でしたよねえ」

「今さらなにを言っている。合衆国空軍以外に、あんな金と手間のかかる飛行機を運用するところがあるもんかい」

「ですよねえ。ってことは、こいつはまさか……」

ハードレイクの手の届くかぎりのシステムに放ったチェッカーが戻ってきた。全システム、異常なし。

ほぼ同時に、外部にも発射したモニタープログラムが返ってきた。

システムに外部から手が加えられた形跡、なし。システムに外部の何者かが接続中、電子システム内のすべてのやり取りを監視中。

違法行為だ、と思って、すぐさまマリオは次の可能性に思い当たった。重大な犯罪が行なわれる、あるいは行なわれた場合に限り、裁判所は司法当局にありとあらゆる電子的手段を許可することができる。

「……つまり、それができる当局が乗り出してきてるってことか？」

ディスプレイに映し出される状況を確認して、マリオはつぶやいた。

「スウの奴がドジしたんでなければ……正真正銘の地雷を踏んじまったってことか」

「なにをぶつぶつ言っている」

ガルベスはつまらなさそうな顔で、ニュースネットが映し出す画面を見ている。

「コブラ・ウィスパーなんて危険物が飛んでいるわりには、世の中平穏だな。どうした、なにか心配事でもあるのか？」

「おはよ」

けだるそーな声とともに、作業着姿のヴィクターがオフィスに入ってきた。

「なんなの今日は、無線でもネットワークでも妙なちょっかいばっかり。なにが起きてるの？」

「よう、なにが起きてるって？」

ガルベスがヴィクターに手を上げた。ヴィクターは驚いてガルベスに手を振った。

「あら驚いた、よく降りてこられたわねえ」

「なに？」

「降りたところで、誰かに職務質問されなかった？　ああ、ガルベスなら顔が広いからいまさら確認しなくてもわかるわねえ」

「なんの話だ？」

「連邦航空局の私服が管制塔に来てるのよ。知らなかったの？」

「田舎空港に検査官が文句つけに来たのか？　いちいち知るかい、そんなこと」

「最近二四時間の飛行機と人の出入りのチェックでしょ。空港施設も対空と対軌道の両方を調べてるわ。お隣さんなんか大あわてで記録整理してるけど、オービタルコマンドが終わったらここにも来るんじゃないかしら……」

ふと気がついて、ヴィクターは聞こえないふりをして電子の要塞の陰に隠れているマリオに声をかけた。

「マリオ？　まさかと思うけど、あなたが原因じゃないでしょうねえ」

「……すいません」

まるでカンニングを発見された生徒のように、マリオはおずおずと手を挙げた。

「どうやら、とんでもない地雷踏んじまったみたいです」

「なによ、北米防空司令部《NORAD》に潜り込んでウォーゲームでもやらかしたの？」

「いいえ、たぶんもっと大穴……」

「お前がなにやったっていうんだ。よっぽどできの悪い電子《サイバー》テロでもしかけなきゃ、こんな騒ぎそう簡単には起こせんぞ」

「なにやったかっていうと、ええと、そいつはスウが持っていっちまったんで、なにをやったかまではわかってないんですが。あのヤロうまくやってんのかなあ」

マリオは、小さなディスプレイに残っているスウの笑顔に目をやった。

「の一てんきに笑いやがって……」

「スウちゃんが？　それは、天文学上の大発見か何か？」

「大発見ていえば大発見かもしれませんが。いえ、あいつせっかくとったデータきれいさっぱり持っていきやがったんで、復元できないほど人のディスク荒らしやがって」

「よっぽどすごいニュースみたいね」

「は？」

マリオは、ヴィクターの視線の先を追いかけた。ニュースネットを映しているディスプレイに、見覚えのある童顔がレポートを熱心に読み込んでいる図が映し出されていた。

「え……？」

　ＬＡ、パサディナ、ＪＰＬ、フォン・カルマン講堂、とテロップがでている。横から何か言われたらしく、画面の中のスウがはっとして顔を上げた。

「あのヤロ、なに始めるつもりだ！」

　あわててコンソールに指を滑らせて、マリオはディスプレイの音を出した。何面もあるディスプレイがすべて音声つきだとうるさくてかなわないので、通常は音声はカットしてある。大体の場合、文字が一緒に流れるから、不自由はない。

『え、は、はい、わかりました。これですね』

　画面を通しても緊張しているとわかる顔で、演台上のスウはカメラ目線になった。目を閉じて深呼吸する。

『皆さんこんにちは。ＪＰＬ、惑星間生物学研究室の、ドクター・スーザン・フェイ・チョムです。今日は、皆さんに、二一世紀の天文学史上最大の発見となる映像をお見せします』

「なんだとー！」

　マリオは叫んだ。ガルベスとヴィクターは、顔を見合わせる。

「うちの彗星から凍りついた恐竜でも発見したのかしら？」

「だったら、真っ先にここに駆け込んでくるはずだが」

『残念ながら、この発見は我々の手によるものではありません。しかし、それは素晴らしい発見です。事情により、詳しい状況は今の段階では発表できませんが、これは間違いなく歴史に残る映像になるでしょう』

はっと気がついて、マリオは他のディスプレイに目を走らせた。そのうちいくつかが違う角度からスウの顔を映し出している。あるニュースネットは、ＪＰＬにおける重要な記者会見や発表に使われるフォン・カルマン講堂に集まっている専門記者や報道陣の様子を映し出していた。

『これまで、人類は最前線における外宇宙、つまり我々の住む太陽系の外における惑星の探査を行なってきました。そして、その成果の一部を今日発表できることはわたしのこのうえない喜びです』

ディスプレイを通してもその顔が紅潮していることがわかる。

『はでなドラムロールも、発表のためのショーアップも用意できませんでしたが、ご覧ください。これが、太陽系外に発見された初の地球型惑星です』

スウの後ろのスクリーンに、漆黒の宇宙空間が映し出された。記者会見場となったフォン・カルマン講堂に軽いどよめきが流れた。

ニュースネットの映像が切り替わった。あらかじめ画像データが配付されていたのだろう。漆黒の闇に浮かぶ青い半月、半分だけ太陽の光を浴びている青い地球にそっくりの画像が映し出される。

『この惑星は、地球からおよそ一二光年離れたくじら座、タウ－セチの周りを廻っている惑星です。タウ－セチそのものは太陽と同じG型恒星で、いくつかの惑星を持つ星系ですが、これほど鮮明な映像が捉えられたのは初めてのことです』

静かなムードミュージックが流れていたホテルのバーに、場違いな電子音が聞こえた。

「劉健！」

ボックス席に鳴り響いた呼び出し音に、ジェニファーはきつい声を上げた。

「あんた、こんなところにいる時くらい電話止めとくの礼儀でしょ！」

「いや、この電話は緊急用で、非常時の用件しかかかってこないんだが……」

ぶつくさ言い訳しながら、劉健は内ポケットから引っ張り出したイヤホンマイクを耳にはめた。

「はい、わかっている、急ぎの用事か？……ニュースネットで？」

劉健は顔色を変えてバーの中を見まわした。上品な店だから、外部のニュースを放映しているディスプレイなどない。

「わかった、確認する」

劉健は同じテーブルのジェニファー、セーラ、美紀、チャンの顔を見た。

「誰か携帯端末を持っているか？」

「どうしたの？」

言いながら、セーラがハンドバッグの中から小さな携帯端末を開いた。

「ニュースネット、どこでもいい、繋いでくれ」

劉健がセーラに言った。

「ＪＰＬで緊急記者会見が行なわれているらしい。太陽系外地球型惑星の発見について」

無線端末がネットに接続されると同時に、縮小された声がボックス席に流れた。

『この惑星は、地球からおよそ一二光年離れたくじら座、タウ－セチの周りを廻っている惑星です』

「なに？」「え、すいません、見せてください！」

正面にいた美紀とチャンは、驚いてセーラの隣の席に飛び込んだ。

同時に小さなディスプレイに映し出されたのは、小さな青い惑星の画像だった。


「……本物？」

ヴィクターは眉唾《まゆつば》ものの顔で、ディスプレイに映し出された小さな青い惑星の映像を見ている。バックに流れるスウの説明を聞き流しながら、マリオは答えた。

「本物です。昨日の夜、木星軌道上の未登録探査衛星を弾いて取った観測データです。あのヤロ、なんて説明するつもりだ。ここまでやったら逃げられないぞ」

『詳しい学術的な説明はあとにして、先に言っておきましょう』

スウの、抑えてはいるが今にも走り出しそうな声が聞こえている。

『この素晴らしい発見は、合衆国防空宇宙軍が極秘裡に木星軌道上に上げた太陽系外地球型惑星発見衛星によってなされました』

「やりやがった！」

マリオは頭を抱えた。

「あいつ全部ぶちまけやがった！」

「これか？」

ガルベスがディスプレイ上の小さな惑星を指して言った。

「まさか、これが今朝の騒ぎの原因か？」

「そうです。今朝の騒ぎ？　冗談じゃない、これからなにが起きるかわかって言ってるのか、あいつは！」

『これは、同じ星の赤外線による映像です』

画面が美しい青からあまり味気のない白黒映像に切り替わった。半月だった青い惑星が、球形に映し出される。

「うわ」

マリオは悲鳴を上げた。

「こんなデータまで取ってたのか⁉」

『専門的な説明は後から行ないますが、この惑星は表面の大部分を海洋に覆われ、全体の平均気温は摂氏で五度から二〇度の間と推定されています。大気成分の分析、海の成分などはまだわかっていませんが、この惑星《ほし》が人類の生存に適した環境を持っていることはほぼ間違いないでしょう』

「あのバカ！」

マリオは呻《うめ》いた。

「きっちり分析したのか？　そんな時間があるわけない。学者が希望的観測で憶測述べやがった。間違ってたらどうするつもりだ、この業界で仕事できなくなるぞ！」

画像は、もとの青い惑星に戻った。最初の遠距離から望んだ映像ではなく、地球軌道上から見たような拡大映像になっている。

『今夜、日が暮れたら空を見上げてください。この星は、エリダヌス座とうお座の間にあるくじら座のタウ－セチと呼ばれる恒星の周りを廻っています。この星は、今夜、あなたが見上げる星空の中に存在しているのです』

再び、カメラがスウに切り換わった。画面が静止する。

『ありがとう、マリオ。ごめんなさい……借り、返せないかもしれない』

静止したスウの顔に声だけが重なり、ぶつっと切れた。

「あがあ……」

あごをコンソールに落としたマリオは、絶望的な呻き声を上げた。いくつかのディスプレイがすべて凍りついたように映像を静止させている。

マリオは、すぐにＪＰＬからのニュースを伝えていたネットニュースだけが凍りついているのに気がついた。

「止められた？」

ニュースネットが複数入り込んでいるということは、ネット回線も複数確保されているはずである。中継先が吹き飛ぶような事故でもない限り、同時にエラーや故障が発生することは考えられない。

こちらを見つめるスウの顔は凍りついたきり、もう音声も聞こえてこない。

「どうしたの？」

ヴィクターが、マリオに聞いた。

「……事前の情報では、ＪＰＬは軍に押さえられているということでした」

マリオは、念のために空いているディスプレイを他のニュースチャンネルに切り換えてみた。

「ことの重大さに気づいた軍が、あわててネット中継をぶった切ったんでしょう。ＪＰＬのサイト、動いてるかな？」

気がついて、マリオはＪＰＬのウェブサイトを開こうとした。

反応なし。ディスプレイ上に、現在稼動していないものと思われます、のちほどまた試してみてくださいとの定型文が表示される。

「あなた、なにやったのよ」

ヴィクターが静かな声で言った。マリオは正直に答えた。

「木星軌道上に防空宇宙軍が展開した地球型惑星発見衛星から、データをロードしました」

あっさり答えられたヴィクターが、なんと返事してよいものかわからずに口をぱくぱくさせる。

「……ちょっと待ってよ、わかりやすく説明しなさい！」

「ええと、詳しい事情を説明している時間はないと思います」

マリオは奇妙なほど冷静に現在の状況を分析した。

「腕のいい弁護士を確保してください、詐欺師みたいな奴。……弁護士が立ってくれるような裁判になりゃいいんだけど」

「どういうことだ？」

「国家機密漏洩《ろうえい》の罪で逮捕される可能性があります」

言いながら、マリオはキーボードに指を走らせた。

「……もっとも、相手の衛星は宇宙軍そのものも存在を認めていない衛星のはずだから、罪の実証はかなりやっかいなことになるでしょうけど……辞表書いときゃよかった。スウの奴、最後の最後で共犯にしやがった」

ぴーっと音を立ててすべてのディスプレイが切れると同時に、事務所のドアが乱暴に開かれた。

「全員その場を動くな！　ＤＩＡだ！」

スーツ姿の屈強な男が数名、左手に身分証明書をかざしながらオフィスに押し入ってきた。うち数名はマシンピストルを持っており、デスクのミス・モレタニアがあわてて立ち上がる。

「あらあら、団体さまのお着き？」

「システムをロックしました。ぼくが再び手をくだすまで、誰もこいつには触《さわ》れません」

静かな声で言って、マリオは電子の要塞のコンソールから車椅子をバックさせた。

「全員逮捕する、両手を挙げろ！」

「ほら来た」

マリオはにっこり笑って、ヴィクターとガルベスにウィンクした。

「ぼくが、マリオ・フェルナンデスだ」

マリオは押し入ってきたスーツ姿の男たちに片手を上げた。

「他の人たちは関係ない」

「それは、これから調査する」

「空軍退役中佐、ガルビオ・ガルベスだ！」

ガルベスがすっと背を伸ばした。

「状況は、説明してもらえるんだろうな？」

「た、中佐!?」

後ろのスーツ姿があわてて敬礼する。

「銃の必要はなさそうだ」

ガルベスに敬礼した指揮官らしい男が、小型のマシンピストルを構えていた二人に銃をしまうように指示した。

「飛ばし屋ガルベスですな。ＤＩＡ、国防情報局のデヴィッド・イネスです。調査に協力していただけるものと期待しております」

オフィスの電話が、今時珍しいけたたましいベルの音を響かせて鳴りはじめた。

「あ、あの」

動くなといわれた手前、ミス・モレタニアは申しわけなさそうにスーツの男たちに声をかけた。

「出ても、よろしいですか？」

「構いません。ただし、ここからの会話は電話の相手も含めてすべて記録されていますので、そのつもりでどうぞ」

「はいもしもし……社長⁉　……マリオですか？」

受話器片手に、ミス・モレタニアは困ったような顔で電子の要塞から車椅子で出てきたマリオに目をやった。

「ちょうど、今、捕まっちゃったところですけど……」


「捕まっちゃったですってえ⁉」

ワシントン、ホテル・エンパイアの最上階のバー、スターズ・アンド・ストライプスのテーブルで、ジェニファーは人目もはばからずに自分の携帯端末に声を上げた。

「どういうことよ、説明しなさい！　よくわかんないって、わかんない事情で相手が警察ならともかく、軍の情報部なんかに逮捕されるわけないじゃない！　わかる人いないの⁉」

「捕まった？」

聞きとがめた美紀が、チャンと顔を見合わせた。

「無理ないでしょう」

フリーズしてしまったかのように動かないニュースチャンネルに業を煮やして、セーラは他のニュースチャンネルに携帯端末を切り換えた。

「もしこれが本物の太陽系外地球型惑星の映像なら、それは国防総省最高の、ひょっとしたら合衆国最大の機密事項なんだ。どこからこんな画像を手に入れたのか知らないけど、そんなものこんな大々的に流したら、そりゃあ軍部も黙ってないわ」

「ガルベス！　わかりやすいように話を説明して！……うちの三四メートル鏡？　知ってるわよ、あれを使って、木星軌道上の偵察衛星から記録データをかすめとったですって!?　弁護士？　専門家？　待ちなさい、なに言ってるかわからない、わかるように説明しなさい！……もしもし？　もしもし？」

不自然にノイズが高まったかと思うと、携帯が切れた。ジェニファーは妙な顔をして自分の携帯端末のディスプレイを確認した。電波が弱いわけでも、電池が切れたわけでもない。しかたなく、ジェニファーはハードレイクのスペース・プランニングの番号をリダイヤルした。

しばらく待ってみるが、つながらない。

「向こうから切られたな」

イヤホンマイクを耳に突っ込んだまま、劉健は立ち上がった。

「国防機密をぶちかましたんだ、ハードレイクがそれに関わっているとしたら、当然すべての通信関係も押さえられているはずだ」

「……どういうことよ」

ジェニファーは、携帯片手のまま劉健を睨みつけた。

「事実関係は、今、瞑耀に調べさせている。おそらく国防総省の緊張度が上がっていたのは、これが原因だ」
「なんですって!?」
「国防総省に戻ろう。ここから先は、たぶんおれたちの仕事だ」

ロサンゼルス、パサディナのジェット推進研究所《JPL》のフォン・カルマン講堂における記者発表は、各社からの質疑応答の段階になって、突然の停電という非常事態が発生して中止された。舞台をミッションコントロールセンターに移して記者発表を続行しようとしたＪＰＬ側の試みは、広報に対する国防情報局《DIA》の要求により延期された。

ＤＩＡのエージェントは、国家機密漏洩に関する犯罪が行なわれた可能性があることを記者に説明し、事態に協力することを求めた。すでに携帯端末に到るまでが軍の電磁妨害により使用不能になっており、少なくともその場からの報道が不可能になったことを知った報道側は、後から詳しい前後関係の説明を受けることを条件に交渉に応じた。軍も、すでにネット上に流れた二枚の画像データ、青い惑星とその赤外線映像に関しては、居合わせた記者を代表とする報道機関の協力を条件にその使用を認めた。

軍からの公式発表が行なわれるまで、一切追加の情報を流さないこと。今行なわれたばかりの記者発表についても、追加報道を行なわず、憶測や予想だけの記事も禁止する。

その実効性については、ＤＩＡ当局も報道関係者もどの程度理解していたのかわからない。

少なくとも、すでに世界中に流された映像に関して、それがなかったものにできると思えるほど軍が楽観主義者ではなかったのは確かである。

ＪＰＬ側の関係者、スーザン・フェイ・チョム、アルバトロス・ジョーンズ、記者発表をアレンジしたジョシュエ・マリエッタをはじめとする関係者一同は、国家機密漏洩の疑いの事情聴取のために、ＤＩＡによってロングビーチの第四〇機械化歩兵連隊本部に連行された。軍側の報道関係者に対する説明では、これは保護ということだったが、実質的な逮捕であることは誰の目にも明らかだった。

記者発表前の打ち合わせで、ＪＰＬ側は弁護士と面会するまでは一切黙秘を通す方針だった。だが、基地内に連行されたスウをはじめとする関係者は、外出こそ禁止されたものの基地内での行動を制限もされず、要領をえない事情聴取がおざなりに行なわれただけで、結局、三日後には釈放された。

「あなたがたの勇気と行動力に敬服します」

わざわざゲートまで見送りに出てきたライン・ガーンズバック将軍は、なぜ突然釈放されたのかもわかっていないスウ、アルバトロス・ジョーンズ、ジョシュエ・マリエッタに敬礼した。

「どうせ釈放されるのであれば、なにがどうなったのか聞かせてくださってもいいと思うんですが」

マリエッタが将軍に質問する。将軍は、あいまいな笑顔でそれに答えた。

「残念ながら、わたしもすべてを知っているわけではありませんし、また職業上知りえた事実関係に関しては守秘義務があります。だが」

将軍は、ＪＰＬの博士二人と広報担当官を見まわした。

「少なくとも、あなたがたがなにをしたのか、自分で確認なさるほうが早いでしょう」

首を傾げながら連隊本部から出てきたスウは、ヨークタウン・アヴェニューの椰子《やし》並木で待っていた人影に声を上げた。

「マリオ⁉」

「お帰り」

車椅子で歩道にぽつねんと停まっていたマリオは、仏頂面で片手を挙げた。

「無事だったのね、どうしたのかと思って心配してた！」

スウは全力疾走でマリオに駆け寄るなり、車椅子のマリオに抱きついた。

「無事じゃない！」

バックしようとする車椅子のリムを力一杯押さえて、マリオは不機嫌そうな顔のまま答えた。

「たぶん、捕まったのはそっちより早かったんじゃないかな」

「捕まったの⁉　あなたも？」

「捕まるわい！　記者会見の最後の最後に名前出して。共犯じゃないと思われるほうがどうかしてる！」

「お前が捕まったのは、スウちゃんが名前を出したからじゃない」

椰子の木陰からひょろっとした人影が現れた。

「ミカエル！」

「そうそう、せっかく切れたと思ってた兄貴にまた会う機会を作ってくれて、どうもありがとよ」

「無事釈放おめでとう。ジョーンズ博士も、マリエッタおばさんも、おめでとうございます」

「めでたいんだかどうなんだか……」

マリエッタは、マリオとミカエルに首を振ってみせた。

「私たちが閉じこめられてたあいだ、世の中どうなってたの？　そもそも、なんでこんなに簡単に釈放されたの？　半年くらいは法廷戦争覚悟してたのに」

「それについては……」

ミカエルは、車道に向き直って軽く手を挙げた。恐ろしく長大なストレッチリムジンが、音もなく歩道に寄ってきて止まった。

「車内でマリオが説明してくれるでしょう」

「……なによこれ」

「はあい、乗って乗って！」

開いたドアから顔を出したのはジェニファーだった。

「今回最大の功労者はあなたたちよ。劉健がよこしたこんなリムジンがそれにふさわしいかどうかはわからないけど」


初対面だったスペース・プランニング社長であるジェニファーとアルバトロス・ジョーンズ、ジョシュエ・マリエッタの自己紹介が終わってから、スウは改めてマリオに聞き直した。

「なぜ？」

外から見たよりかなり広く見えるリムジンの車内で、マリオは仏頂面を崩さない。

「なんであたしたち簡単に釈放されちゃったの？　まさか、あの写真ごとなかったことにされたんじゃないでしょうねえ」

「違う」

マリオはおざなりに手を振った。

「その逆だ。国防総省が、太陽系外地球型惑星の存在を公表することにしたんだ」

リムジンの中に、短い静寂が流れた。スウが、言葉の意味を理解するのに少し時間がかかった。

「機密保持のためにそれまで隠しておいたんだけれども、あの放送のあと方針の変更が決定された。だから、隠しておく必要もなくなったし、それをばらしたスウも、博士も、ＪＰＬもお咎《とが》めなしってわけさ」

「なんで⁉」

スウは思わず叫んだ。

「そんなはずないわ、たかが写真一枚のためにＪＰＬずたずたにしようとした軍が、なんでそんなに簡単に方針変更するのよ！」

「あの記者発表がひとつのきっかけになった」

ミカエルがあとを引き取った。

「ひとつには、あの記者発表において、ＪＰＬは最初にそれを発見した宇宙軍を糾弾も追及もしていない。単純に事実を伝え、それを称える論調だった」

「あれはジョーンズ博士の指示よ」

スウは口を尖らせた。

「これだけの大発見が、将来に禍根《かこん》を残すことのないように、できるだけ穏便な表現にしろって」

「おかげで、宇宙軍も強硬姿勢を取らずにすんだ。民間の暴走はあったが、おかげで誰の面《めん》子《つ》も潰さずに新しい惑星の発見を発表することができる」

「そんな簡単に行くはずないじゃない！」

「揉めたほうがよかったのかい」

マリオはあきれたような顔で言った。

「事情が変わったんだ」

「どんな事情よ！　説明してごらんなさい。こんな簡単なご都合主義なんかあるわけないじゃない！」

マリオの説明はごく簡単なものだった。

「二つ目の地球型惑星が発見されたんだ」

「……え？」「なんだって……？」

聞き直したのは、マリエッタとジョーンズ博士だった。マリオは二人に顔を向けて繰り返した。

「ほんの一週間前のことだそうです。木星軌道上に配置されていた宇宙軍麾下の地球型惑星発見衛星、『サンタ・マリア』は、エリダヌス座82番星に二つ目の地球型惑星を確認したんです」

ジョーンズ博士は、マリエッタと声もなく顔を見合わせた。

「二つ目の青い惑星が……」

マリオは、大きく目を見開いているスウの顔を見返した。

「あれは、地球以外のたったひとつの青い惑星じゃない。ちょっとばかり遠いけど、それでも同じオリオン腕の中に二つ見つかった。まだまだ発見されるだろうと予想されてる。そういうわけで、宇宙軍は機密を保持する意味がないとして解除を決定したんだ」

「タイミングの問題よね」

ジェニファーが言った。

「地球型惑星発見衛星ともなると、運用する技術も大変で、安定運用ができるようになったのはやっと最近だって話なんだから。これからも近い恒星に照準を定めて地球型惑星を探し、ワシントンではあと二基分の打ち上げも決定されたそうよ」

「ああ、忘れてた」

いまさら思い出したようにマリオが付け加えた。

「この件に関する正式な発表はまだ行なわれていません。すでにネットには噂らしいものがいくつも流れてますけど、正式発表は来週になってから大統領によって行なわれます。だから、それまではこの件は重要機密ということで、機密保持にご協力願いたい」

まるで軍人のように言って、マリオはスウににっこりと笑って見せた。

「納得したかい?」

スウは、大きく見開いていた目を閉じた。閉じた目から涙が流れたのを見て、マリオは驚いた。

「ありがとう……なんて言ったらいいのか、わからない……」

「ほら」

ミカエルが、マリオの車椅子をすっと押し出した。

「今度はお前の番だろ」

「……………」

困ったような顔で車内の一同の顔を見まわしてから、マリオは車椅子から身を乗り出してスウの肩に手を廻した。

「お礼を言うのはぼくのほうだ。ありがとう、ゴールを教えてくれて。これで、やっと行く先がわかった」

「行く先?」

あわてて溢れた涙をぬぐって、スウはマリオの顔を見直した。マリオは、くるりと廻した指先でリムジンの天井を指して見せた。

「軌道上、宇宙空間、月、火星。その先さ」

「バカね。ゴールじゃないわよ」

スウはマリオの胸に顔を埋めた。

「そこからが、スタートに決まってるじゃない」

四週間後、スミソニアン航空宇宙博物館の惑星への旅の部屋は、軌道上から回収されたハッブル望遠鏡を中心にリニューアルされて公開された。

展示内容は、企画段階から一部が変更された。

部屋には、木星軌道上で稼動している太陽系外地球型惑星発見衛星の概念が説明され、そして出口近くには初めて世界に公開された青い惑星、確認された太陽系外地球型惑星の映像が飾られた。

ラグランジュ2――地上五〇万キロ

　地球から月をはさんだ反対側、永遠に月の裏側に向いた側に、Ｌ２と呼ばれる二番目のラグランジュ・ポイントがある。

　月と地球の重力の平衡点に、最初ニュー・フロンティアが建設を開始し、その後カイロン物産が建造を引き継いだ巨大な太陽発電衛星、ソーラーパワーサテライト、コンロン１が完成していた。

　ラグランジュ・ポイントは、地球と月との位置関係が永遠に変わらない安定点である。一八世紀フランスの数学者ラグランジュが解いた三点問題から導き出されるポイントは、しかし現実の宇宙空間では、地球と月だけではなく太陽の重力の影響も受けるため、そう安定しているわけではない。

『なんだってこんなところに、こんな大きな発電衛星なんか作る気になったのよ。どうせならもっと安定してる月の周回軌道上に作れば、観測基地アルファの視界を妨害することもなかったんじゃないの』

月の観測基地としては唯一地球から見た月の裏側に位置する観測基地アルファは、ライプニッツ・クレーターにある。天文観測基地であるアルファは、近傍宇宙空間で最大の電波汚染源である地球の影響をできるかぎり排除するために月の裏側に建設された。

そして、太陽発電衛星コンロン1は、十数万キロ上空とはいえアルファ上空に滞空し続ける。

『ほら、これだけでかいと戦略兵器になるからさ』

『戦略兵器？　ただの発電所でしょ』

『送電用のマイクロウェーブドライバーと、レーザー砲があるだろ。底なしの電力で地上を照射すれば、そいつは無尽蔵に使える戦略兵器になる。出来上がっちまえば運用費用はかからないし、狙われたら地上で逃げまわるのは至難の技だ。逆襲しようにも、相手は地上から五〇万キロも離れたところに浮いている。だから、地球を直射できるところに建設しようとしたら各国政府に大反対くらったんだと』

『馬鹿みたい』

『そう思うよ。まあ、でも、おかげで軌道上に電力供給するには不自由しないから……ほら、もうすぐ第一陣の発射が開始される』

太陽にその巨大な電池を向けた発電衛星の裏側に、全体の大きさからみれば超小型にしか見えないレーザー発振装置がある。惑星間を航行する長距離宇宙船に電力を供給する目的で装備されたレーザー発振装置は、いまでも太陽系最大の出力を誇っている。

宇宙戦艦用レーザー砲と呼ばれるその長大な砲身の先に、小さなきらきら光る凧《たこ》のような膜が何枚も浮いている。厚さのない、二次元上の存在にしか見えないそれは、現在太陽系に存在するもっとも進んだ探査機である。

直径三〇メートルに達する膜の総重量は、わずか一グラムしかない。表と裏の二面の構造しか持たないそれは、裏の反射面で与えられた光エネルギーを推力に変えて飛ぶレーザーセイラーであり、表に分子レベルで張り巡らされた回路と太陽電池で対象をフェイズド・アレイ観測できる高密度センサーでもある。

周辺空域に放送されている通信が、最終カウントダウンに入った。

ラグランジュ・ポイント周辺にいる有人宇宙船だけではなく、月面、そして地表を含む地球圏にいるすべての関係者が、様々なメディアでこの瞬間を注視しているはずだった。

カウントがゼロになると同時に、大口径レーザーが最大出力で発射された。真空中では発光しないレーザー砲の照準の先に存在していた反射膜が、瞬時に消えたように見えた。

『行ったな……』

レーザーセイラーの進路上に配置されたパスファインダーが、予定された軌道を予定された加速でセイラーが進行中であることを伝えてくる。

重量一グラムのレーザーセイラーは、照射されたレーザーエネルギーをすべて推進力に変えて加速される。一〇〇G加速で二〇時間照射され続けた一グラムのレーザーセイラーは、ロスを見込んだ計算上秒速六万キロ、光速の五分の一に達する速度で外宇宙を目指す。

予定では、これから五年にわたり、太陽発電衛星コンロン1はレーザーセイラーを打ち出し続ける。その総数、二〇〇〇。

ひとつのセイラーは、単機能化された観測機能しか持たない。直径三〇メートルでありながら総重量一グラムという数字は、そうやって達成された。

十数種類に分けられた観測機能を持つレーザーセイラーのうち、どれがいくつ目的地にたどりつくのかはわからない。

「あれが、タウ・セチに到達するのは、六〇年後よ。観測結果が返ってくるのはそれからさらに一二年後」

しかし、大量に発射されたレーザーセイラーは、そのうち何パーセントかは一二光年はなれた目的地に到達すると期待できる。発射されたレーザーセイラーのうち、一パーセントが目的地に到達すれば、最低限の観測データを得られるはずだった。一〇パーセントが到達すれば、ほぼ完全な観測結果が得られる。

「合わせて七二年後か……」

広げた膜による、目的地の恒星からの太陽風による減速で、レーザーセイラーの大部分はタウ・セチ星系をかなりゆっくりと通りすぎるはずだった。しかし、一刻も早い観測結果を得るために、あえて減速効果は最低限に落とされていた。

「これは、最初の恒星間探査機だ」

太陽発電衛星の裏側にある展望室で、マリオはレーザーセイラーが飛んでいった方向を見つめていた。

くじら座のヒレにあたる場所に輝いているタウ星。最高速度でも六〇年かかる飛行の後、すべて合わせても二キロにしかならない衛星のいくつかがそこに辿り着くだろうか。

「こいつは発射後たった三五時間でニュー・ホライズンズが一〇年かかった冥王星軌道を横切り、四〇時間でパイオニアやヴォイジャーを追い越す。しかも、二号機が発射されるのは、すぐ明日なんだ。五年前と比べたら、夢みたいな進歩じゃないか」

「だって、最初の結果が戻ってくるのが七二年もあとじゃ……」

無重量の展望室を漂ってきたスウは、マリオの肩に手をかけて行き足を止めた。

「おばあちゃんになっちゃう」

「冷凍睡眠の船で、追いかけてみるかい?」

無重量に身をまかせたまま、マリオはスウの腰に手を廻した。

「それとも、美紀やチャンが開発してる反物質エンジンでも試してみる?」

スウは、マリオの顔を覗き込んだ。

「この眼で見られなきゃ、やだ」

マリオは、軽く肩をすくめてスウの瞳を見返した。

「ぼくは、そのつもりだよ」

そして、新しい大航海時代がはじまる。

創元SF文庫版あとがき
その先の話

《星のパイロット》は、ロケットの打ち上げを現場で見て、その後、航空宇宙関係の取材を本格的に開始した頃、LA郊外チノのプレーンズ・オブ・フェイム、飛行機の施設博物館で生きている飛行機とその周りで生活している人たちを見て、「おれ、こういうスペオペが書きたかったんだ」と思ってはじめました。

近未来とはいえ現実の航空宇宙が面白いと思って書きはじめた話ですから、慣性制御や反重力機関みたいな超技術はいっさいなし、現代の技術と、実現可能と推測されているもの、実際に開発が進んでいるものだけで世界を組み立てております。

現実世界でも太陽系外惑星が発見されたり、そのうちいくつかは地球型惑星であると推測されたりしております。冥王星が惑星から準惑星に降格したのも、この先いっぱい系外惑星が発見、確認されるはずなので、どこからが惑星でどこからがそうでないのか、太陽系外にも通じる基準をはっきりさせようというところからはじまった話です。

この世界では、地球と同等の環境を備えると思われる惑星が発見されました。いずれ、我々の世界でも発見、確認されるでしょう。

では、その先なにがどうなるのか。

鯨座τ《タウ》星は、太陽系の近所にあるだいたい太陽と同じタイプの恒星です。太陽系からの距離は一一・九光年。

てえことは、レーザーセイラーの探査機を通過観測のために光速の二割まで加速して射ち出しても到着までにざっと片道六〇年、そこからさらに探査データが戻ってくるまでに一二年。えーデータが届くまでだけで発射から七二年もかかるのお？

その先、核融合でも反物質でもとりあえず現在の技術や理論の発展上で可能とされる技術を使って、現地に到着する探査機を送り出し、データを得て、有人観測隊を送り出して、何年かかるんだこの仕事？

自分が生きている間に結果が出ない仕事を、人ははじめるのか？

この疑問に関する答えは、ほぼ瞬時に出ました。

歴史上、完成までに数百年かかった事業は宗教建築などいくつも例があります。そして、自分自身、ロケットの開発を手伝っていますが、この仕事が自分の代で終わるとは思っていません。

ロケットの開発をはじめたのは宇宙を征服するためですが、さすがの笹本でも自分が生きているうちに宇宙が征服出来るとは考えていません。でも、ツィオルコフスキーも、ゴダードも、フォン・ブラウンも、なんならイーロン・マスクやジェフ・ベゾスも自分が生きているうちに宇宙が征服出来るとは考えていないはず。

じゃあなぜそんなことをはじめて、精力的に続けられるのか。

そりゃあもちろん、それが人類に必要な仕事だと信じてるからです。

自分の代で宇宙を征服出来なくても、子供、孫、もっとあとの世代でそれは為されるはず。

では、それはどんな形の宇宙開発になるか。

恒星間航行は、核融合や反物質を使えば光速の二割か三割くらいの速度を達成できるでしょう。それでも、光年単位の距離を渡るには数十年から数百年の年月がかかる。

そんな長い航行期間中は、冷凍睡眠がいちばん現実的でしょう。凍り付いたまま生命活動を停止していれば、生命資源の消費も最小限に抑えられる。

では、それは、どんな世界になるか。

星間連絡だけで隔てられた光年と同じ時間がかかり、物資の輸送にはさらにその数倍も待たなければならない世界。

そう考えたときに、かつての人類はそんな世界に住んでいたことを思い出しました。

かつての大航海時代、人類の版図は地球の裏側にまで拡がりました。ただし、地球の裏側まで行くのに早くても数ヶ月、戻ってくるまでには年単位の時間が必要で、しかももっとも早い情報伝達手段は人間そのものと輸送される文書だった時代です。

そんな状況でも人類は全世界に軍隊を展開させて戦争していました。調べてみると、遠隔地に派遣される軍艦には開封日付や場所を指定された命令書が何通も渡され、航海の進度に応じて開いていたそうです。

もちろん、司令部には全世界での作戦の進行予定表があり、派遣される艦隊や軍艦にはその意図や使命が書かれた命令書が渡されます。しかし、戦争というものが古今東西予定通りに進むものではないのは皆さま御存知の通り。

艦隊を預る司令官、艦を指揮する艦長は、与えられた命令書の意図するところを読み取り、なおかつ周辺状況に関する情報収集も怠《おこた》りなく行い、司令部の意に沿いつつ国益を最大にするようにいろいろと決断しなければならないわけです。

司令部は命令書を執筆している段階で持っている情報が最新でも確実でもないし、その状況で未来の戦況を予測しなければならないし、現場は現場で判断しなきゃならない。おかげで、本国での戦争は終わってるのに遠隔地では継戦中、なんて悲惨なことにもなるわけですが。想像しただけでしんどいなこの戦争。

もし、人類の生存圏が恒星間まで拡がったら、似たようなことになるんじゃないか？

情報は光速で伝わる。しかし、物資もそれを運ぶ宇宙船も人間も、それに数倍遅れてしか到達できない。医療技術の進歩で寿命は現在よりさらに延びてるだろうけど、もし他の星に行けば、帰ってくる頃には知っている人はいなくなる。

そして、超光速技術が実用化されなければ、恒星間宇宙開発はそうなる公算が高い。

超光速抜きのスペオペっていろいろ大変なんで主流になってませんが、しかし、現実の宇宙開発はこの方向に進む確率が高い。そりゃまー友好的な宇宙人がある日超光速技術を授けてくれる可能性だってゼロじゃありませんが、もしそういうことがあるならこっちの健康寿命のうちに実現して欲しいけど、そういう他力本願やってると話はだいたい進みません。

んじゃこの話、やってみる価値あるんじゃね？　もし出来れば、現実の宇宙開発の延長線上にある世界が見られるんじゃね？

そこまで考えたとき、この世界が《星のパイロット》の延長線上にあると気付きました。《星のパイロット》は、現実の宇宙開発を取材して得た成果をもとに書いた話です。現実の宇宙開発もこの通り、なんて逆立ちしても言えないくらいには業界にもどっぷり浸かっていますが、でも、現在存在する技術と、将来的に存在しうる開発中、構想中の技術を基本設定に使っています。

この世界の先になら、超光速抜きの新作のスペオペ、出来るんじゃね？

あれこれ構想しつつ、付き合いのある編集さんに旧作の再版とその続きの新作を提案してみました。

幸いなことにこの構想は受け入れられ、おかげで《星のパイロット》がめでたく『ブルー・プラネット』まで刊行されました。

そして、笹本は現在その先の話を書いております。

青い地球型系外惑星が確認されたら、その先、どうすればそれを見られるか。

どうすれば手が届くか。

どうすればその先にさらに手を延ばすことが出来るか。

それはどんな世界になるのか。そこにはどんなキャラがいて、どう動くのか。

構想なんて偉そうな言葉使ってますが、だいたいの場合、笹本が新作をはじめるときには行き先なんか見えてません。どこに行けるかわからないから、どこまで行けるかわからないから書いてみるんだ。

では、宇宙開発をはじめましょう。

笹本祐一

この作品は二〇〇〇年に『ブルー・プラネット』としてソノラマ文庫（朝日ソノラマ）より刊行され、二〇一三年に三作目と合本のうえ『ハイ・フロンティア／ブルー・プラネット』として朝日ノベルズ（朝日新聞出版）より刊行された。本書は朝日ノベルズ版を底本とし、加筆修正したものである。

検印
廃止

著者紹介　1963年東京生まれ。宇宙作家クラブ会員。84年『妖精作戦』でデビュー。99年『星のパイロット２　彗星狩り』，2005年『ARIEL』で星雲賞日本長編部門を，03年から07年にかけて『宇宙へのパスポート』３作すべてで星雲賞ノンフィクション部門を受賞。

ブルー・プラネット
星のパイロット4

2022年5月20日　初版

著者　笹《ささ》　本《もと》　祐《ゆう》　一《いち》

発行所　(株)　東京創元社
代表者　渋谷健太郎

162-0814/東京都新宿区新小川町1-5
電話　03·3268·8231-営業部
03·3268·8204-編集部
URL　http://www.tsogen.co.jp
暁印刷・本間製本

ISBN978-4-488-74113-6　C0193

星雲賞・ヒューゴー賞・ネビュラ賞などシリーズ計12冠

Imperial Radch Trilogy◆Ann Leckie

叛逆航路
亡霊星域
星群艦隊

アン・レッキー **赤尾秀子 訳**

カバーイラスト＝鈴木康士　創元SF文庫

◆

かつて強大な宇宙戦艦のAIだったブレクは
最後の任務で裏切られ、すべてを失う。
ただひとりの生体兵器となった彼女は復讐を誓う……
性別の区別がなく誰もが“彼女”と呼ばれる社会
というユニークな設定も大反響を呼び、
デビュー長編シリーズにして驚異の12冠制覇。
本格宇宙SFのニュー・スタンダード三部作登場！